水しか出ない神具【コップ】を授かった僕は、不毛の領地で好きに生きる事にしました 3

A L P H A　L I G H T

長尾隆生
Nagao Takao

アルファライト文庫

ヘレン
シアンの気高い元婚約者。
婚約破棄後も一途に
シアンを想う。
シーヴァ
見た目は犬だけど、
その正体は大魔獣。
モフられるのが好き。
シアン
本作の主人公。水しか出ない役立
たずの神具【コップ】を授かったせいで、
不毛の領地に追放されてしまう。
Main Characters
主な登場人物

セーニャ
大渓谷(だいけいこく)で出会った謎(なぞ)の美女。
正体は龍神だと言うが……？
エンティア
シアンの専属教師。
基本的に無表情だが、興味のある
事柄には笑顔を見せる一面も。
ディーヴァ
やんちゃなドワーフ族の少年。
面白(おもしろ)そうなことに目がない。
ティクル
おませなドワーフ族の少女。
いたずら好きな一面も。

第一章　シアンと水問題と大渓谷の主と

「僕も大渓谷に行こうと思う」

夕食時、食堂に集まった家臣のみんなの前で僕、シアン＝バードライはそう告げる。

このデゼルトの町にやってきてから、僕は夕食を領主館の大広間で家臣一同と共に食べるようにしていた。

最初は屋敷があまりにも荒廃していて、まともに使える部屋が少なかったために必然的にそうするしかなかった。だが結局、修復が終わった今も一緒に食べている。

ある程度の修復が終わった頃、執事のバトレルからは主人と家臣は別々に食事を摂るべきだと言われた。しかし、家臣との交流の場を大切にしたかったために、僕はこの習慣を続けることを望んだのである。

それに領主といっても、僕が治めるエリモス領にあるまともな町はデゼルトのみ。

他にあるのは、今も足元で専用ドッグフードを貪り食っている魔獣シーヴァの遺跡だけである。

ちなみにこのドッグフードは、料理長のポーヴァルが魔物の肉などを使ってシーヴァのために作った特製品で、既に十種類ほどの味違いが作られている。

食材が食材だけに嫌がられるかと思ったが、シーヴァ曰く、魔物は魔物同士で共食いするのは普通のことなのだそうだ。

むしろ生で食べるより美味いと大喜びで尻尾を振って、しばらくの間ポーヴァルに付きまとっていたくらいだった。

こういう価値観の違いに直面すると、人と魔物はやはりわかり合えない気がする。

ポーヴァルは、将来的に始まるであろう牧畜のための餌にもなるだろうと言っていた。

さて、さっき言った通り、現在のエリモス領で人が住んでいるところはデゼルトの町だけである。

そのため今はまず、町の人々とはもちろんのこと、家臣とも積極的に交流してそれぞれの動きを把握できるようにした方がいいと僕は考えている。

主と家臣の形式を重視するのは、町や領民がもっと増えて、公務に就く者が増えてからでも遅くはない。

それまでは小回りの利く体制で行こう、と僕らは話し合って決めたのだった。

『お主、大渓谷に行く前にこの町の守りを強くするとかなんとか言ってなかったかの？』

大渓谷行きを告げた僕に、シーヴァが口いっぱいにドッグフードを頬張りながら念話を飛ばしてきた。ちなみに、シーヴァは魔獣だが言葉を話せる。また、こうして念話で会話することも可能だ。

「そのことなんだけど、ちょっと事情が変わってね」

僕がこそっと言ったら、大工のルゴスがそれを聞きつけて話しかけてきた。

「坊ちゃん、何か言いましたかい？」

「ああ、いや、大渓谷に行かなくてはならない理由について説明しようかと」

「それってやっぱり例の水源のことですかね」

「うん、それが一番の理由だね」

僕は食後用に淹れてくれたメイドのラファムの紅茶を一口飲んでから答えた。

きっかけは昨日の夕方、僕のもとに届いたある一つの報告だった。

町娘のバタラから、中央水場に設置した女神像から水が出なくなったという連絡を受けたのである。

原因は明らかで、僕が設置した『神コップ』が力を使い果たしたのだ。

『神コップ』とは、僕が女神様から授かった聖杯――【コップ】によって生み出された道具で、魔力を込めることで事前に設定していた液体を出すことができる。

女神像に設置した『神コップ』は、僕が最初に作りだしたもので、耐久度はデフォルトの『中』だった。

耐久度が中の『神コップ』は魔力を充填することで再使用が可能だったが、その回数にも限界があるということか。

やはり『神コップ』では、永続的にこの町の水不足を解消し続けることはできないらしい。

とりあえず一時しのぎ的に、僕はルゴスを連れて女神像のもとまで行き、壺の中の『神コップ』を、先日開放されたばかりの『耐久度 高』のものに入れ替えたが、それもいつまで保つかわからない。

僕は集まったみんなを見渡しながらそのことを説明する。

「確かに『神コップ』があればしばらくは水を供給できる。けれどやっぱりそれだけじゃあ根本的な問題解決にならない」

「ですがそれと大渓谷に向かうのと何か関係があるのでしょうか？　私といたしましては、坊ちゃまをあまり危険な場所へは……」

バトレルが心配そうに眉を寄せて言った。

彼が心配するのもわかる。

なぜなら僕がこれから行こうという大渓谷は前人未到の地。

国が総力を挙げて開発しようとしてもできなかった、強大な生物が棲むという魔境である。

そんなところへ領主が自ら出かけようというのだ。

心配しないわけがない。

だが――

「大丈夫だよバトレル。僕たちはもう、大渓谷にはドワーフたちが住んでいることを知っているからね。それにそこからやってきて僕たちとずっと一緒に暮らしている人もいる」

そう言ってルゴスの方に視線を向けると、彼はわざとらしく肩をすくめるような仕草をした。彼は大渓谷出身のハーフドワーフなのだ。

ルゴスはわずかに呆れたような声音で答える。

「まぁ確かに俺はあそこからやってきたけどよ。それでも普通の人間が下まで行こうと思ったら、それなりに危険なのは覚悟しておかなきゃいけねぇぞ」

「それは承知の上さ。でもオアシスの水が枯渇した原因があそこにあるとわかった以上、僕は行かなきゃならないんだ」

「水が枯れた原因がわかったのですか?」

バトレルが僕の発言に驚きの声を上げた。

他にも医者のメディア先生や護衛のロハゴス、馬丁のデルポーンも声は出さないまでも驚いた顔をしている。

彼らには初耳の情報なのだから仕方がない。

「そのことについて今からみんなに説明するよ。と言っても僕よりエンティア先生から説明してもらった方がわかりやすいね」

僕はそう言って、教育係のエンティア先生に目配せして話の続きを任せることにする。

彼女は食事の最中、『早く語らせてほしい』とずっとギンギンとした目つきで僕を見つめていた。

オアシスが枯れた原因をみんなに伝えるのが遅れたのは、彼女がきちんと準備をしてから発表したいと僕に訴えたせいでもある。

エンティア先生は優秀な教師ではあるのだが、自分の知的好奇心に関わることになると人が変わったようになってしまうところと、融通の利かない真面目さが問題だ。

そのせいで兄上から疎まれたというのに。

「じゃあエンティア先生。説明をお願い」

「わかりました！」

彼女はガタッと音を鳴らして勢いよく立ち上がると、コの字型の机に座る全員が見渡せる場所、つまり僕の真正面の壁際に進み出る。

そして脇に置いてあった台車つきの黒板を引っ張り出し、そこに説明に必要な図を描いていった。

やがてエンティア先生が描きあげたのは大渓谷の略図である。

図は凹型で、大渓谷の底が平らであることを表していた。

ドワーフたちとルゴスから聞き出した話から描いたその図の一番下。

つまり大渓谷の底には広大な平野が広がっているという。

大渓谷はこの大陸を真っ二つに裂くように存在している。

底に広がる平野は、一体どれほどの広さなのだろうか。

しかもそんなに広い場所があるというのに、国に残る資料には平野の存在すら書かれていない。大渓谷の底にたどり着くことがいかに困難なのかを表していると言える。

だがそれは、大渓谷の外に住んでいる人間族にとっての話であって、ドワーフたちにとっては多少危険が伴う程度のものらしいのだが。

「ドワーフの村はデゼルトの町と、大渓谷の向こうにそびえる中で一番大きなパハール山とを結んだ直線上にあるらしいのです」

エンティア先生はそう言いながら、今度は大渓谷の断面図の横にデゼルトとパハール山の簡易的な俯瞰図を描く。そしてその山の頂上と町を繋ぐように一本の線を引いた。

続けて彼女は色の違う筆記具を手に取り、大渓谷の間を走る直線上に小さく丸印をつけた。

「ここがドワーフ村の位置です」

エンティア先生は、その円をコッコッと突きながら更に話を続ける。

「ここからが本題になります。実は彼らと大渓谷の話をしている時、オアシスの水が枯れた原因と思われる話を聞くことができました」

エンティア先生が説明しながら描き足したもの。

それは大渓谷の端から端までを繋ぐ一本の線であった。

「それは一体なんなんさね」

メディア先生が不思議そうに尋ねると、エンティア先生は眼鏡をキラリと光らせてニヤリと笑みを浮かべた。

「これは大渓谷を横断する水道橋なのだそうですよ」

「水道橋？　あんなところに橋なんて話は聞いたことがないさね。それに、一体誰がなんのために作ったんさよ」

「それはわかりません」

明確な答えが返ってくることを期待していた一同は、その言葉にあからさまに落胆した表情を浮かべた。

しかし本当にわからないのだ。

ドワーフたちもルゴスも、大渓谷からやってきた大エルフのヒューレも、存在自体は知っているにもかかわらず、その橋がいつどうして作られたのかを知らないと言う。

「前回この町にやってきた時もあの橋を使った。でも今回は橋の途中にでっかい岩があったから困った」

食卓の一番隅でサボエールというお酒を飲んでいたヒューレが口を挟む。

彼女は普段、この時間は部屋に引きこもっている。だが今回は、大渓谷の話をするためにラファムに頼んで無理やり食卓へ引っ張り出したのだ。彼女の手にあるサボエールは、ここへ連れてくるための餌である。

ヒューレの証言によれば、大岩は不思議なことに彼女の魔法を使っても破壊することができなかったそうだ。

エルフの上位種、大エルフであるヒューレの魔法ですら歯が立たない大岩……彼女はそれについて、こう語った。

「あの岩は私より魔力の強い者が創り出したもの……たぶん主の仕業」

「主ってなんさよ？」

「大渓谷の底に棲まうもの。それを私たちは主と呼んでいる」

大渓谷の主の話は僕も前に聞いたことがある。

王国に残る大渓谷開発失敗の資料にも書かれていた。

国が大渓谷の開発から手を引いた最大の理由、それが大渓谷の主の存在なのである。

といっても資料では、『主』のことを別の名称で書いている場合の方が多かったのだが。

「ヒューレやドワーフ族から色々聞き出した話を、私なりに解析しました。その結果をお伝えしてもよろしいでしょうか？」

エンティア先生が、中指で眼鏡をくいっと直しながら一同を見回す。

彼女から放たれる『続きを喋らせろ』というオーラに気圧されたせいだろうか。全員が無言で頷き返した。

それを確認してから、彼女はまたそれぞれの図に丸をつけた。

次に、黒板の空いている部分いっぱいに何やら別の絵を描き始める。

「絵の達者なバタラさんほどではないですが、ビアード氏から聞いた姿を、我ながらうまく描くことができたと思います」

エンティア先生は満足げに完成した絵を眺めたあと、それを指さしてこう尋ねた。

「皆さんはこれが何に見えますか？」

大きな翼。

立派な体と、鋭い爪の生えた短い手と、強靭な足。

口には尖った牙が並び、頭には二本の角。

胴体と同じくらいに大きく長く太い尻尾。

「ドラ……ゴン？」

部屋の中の誰かがぼそっと口にする。

そう、その姿はかつて大地を支配し、無数の魔物を従えていたと言い伝えられているドラゴンだったのである。

「ドラゴンが一体どうしたって言うんさね」

この国において、ドラゴンとは恐怖の象徴だ。

大陸中でも数体しか存在しないと言われている伝説の魔獣。

中でも一番凶悪で人々に恐れられた存在。

それが暗黒竜、ブラックドラゴンである。かつて王都が造られる前の地を支配していたドラゴンだ。

その体は闇のように黒く、凶悪な顎から吐き出されるブレスを浴びた地面は、何十年も草一つ生えない死の土地となったと言われている。

僕はみんなに向けて話す。

「王国の資料に書いてあったんだ。王国が大渓谷の開発をやめた本当の理由は、大渓谷に棲まう魔獣たちのせいではなく、彼らの前にドラゴンが現れたからだとね」

「つまり大渓谷を支配する大渓谷の主とは、ドラゴンなのです。皆さんも一度は噂として聞いたことがあるのでは？」

僕の言葉に続いて、エンティア先生が告げた。

ブラックドラゴンは、王国の建国時に初代国王率いる軍勢に討伐された。大渓谷にいるのはブラックドラゴンではなく、別種であるはずだ。

大渓谷の主の正体はドラゴン――その事実に、みんな緊張の表情を浮かべていた。

いや、ルゴスとヒューレだけはジョッキを傾けていつもと変わらない顔をしていたが。

「そんなに怖がることはない。俺も昔から色々世話になったけどよ、優しい方だぞ」

凍りついた空気に嫌気がしたのか、ルゴスはサボエールを飲み干しながらそう言った。

「ド、ドラゴンと会話したことあんのかい！　それに世話ってどういうことさね」

メディア先生がその言葉に反応し、立ち上がる。

他の者たちも一斉にルゴスに説明を求めるように目を向けた。

「何を驚いているんだ？　魔獣が話せるってのは常識じゃないか」

「……」

「特にメディアは、いつも魔植物となんか喋ってんだろ？」

「あ、あれはなんとなく、あの子たちの意思が伝わってくるってだけさね。会話というのとは違うさよ」

そうだったのか。

僕は普通に、メディア先生と魔植物は会話しているのだと思っていたが、どちらかというと以心伝心のようなものだったらしい。

「そうかい？　俺には同じだと思うけどな、まぁ他にもあれだ」

ルゴスは何かを探すように視線を動かすと、ある一点でその動きを止める。

「ほれ、そこの犬っころいるだろ。そいつも喋るじゃないか」

ルゴスが顎で示した先。

そこには特製ドッグフードを食べ終え、後ろ足を器用に扱って毛繕いをしている犬……もとい、シーヴァがいた。

「えっ、シーヴァって喋れるっすか？　俺っち、シーヴァが喋ったところなんて一度も見てないっすよ」

デルポーンが驚いて席から立つ。

家臣団には一応シーヴァが町外れの遺跡の主だということは伝えてあった。だが、シーヴァはこの町に来てから犬のフリをしていたため、彼は僕の言葉をすっかり忘れていたようだった。

「そういえばこの子、最初に試験農園に現れた時に喋ってたさねぇ」

「私も知っていましたよ。私が解剖……ではなく、研究に付き合ってもらった時も普通に喋っていました。また手伝いをしてもらいたいのですが」

「研究……あたしの魔獣の血の研究にも付き合ってもらいたいさね」

メディア先生とエンティア先生。

二人の先生から怪しい視線を受けて、シーヴァは不穏な空気を察知したのか、毛繕いを中断して一瞬で逃げる体勢を取る。

『な、なんじゃお主ら。我はもう絶対に研究とやらには協力などせんぞっ』

「そんなこと言わずに。ちょっとだけ。ちょっとだけでいいんです」

「そうさね。すこーしだけ血をもらえればいいんさよ」

じりじり詰め寄る二人に、どんどん顔が引きつっていくシーヴァ。いつもの『犬のフリ』をしている余裕はまったくなくなっている様子である。

仮にも強大な力を持つ魔獣をここまで怯えさせるとは。

一体エンティア先生は、研究と称してシーヴァに何をしたのだろうか。

「ほ、本当に喋ってるっすね。マジっすか……」

デルポーンが驚きの声を上げる。この場の全員にシーヴァの念話が聞こえていたらしい。

デルポーンやポーヴァルが目を丸くしている中、シーヴァの悲痛な叫びが響く。

『おいっ、早く助けるのじゃシアンっ！　こやつらを止めるのじゃっ』

「……一つ貸しだぞ」

僕はシーヴァの前に立ち、二人に言う。

「シーヴァのことはあとにして、まずはルゴスから主様のことを聞こう」

『先延ばしにするだけでは助けたことにはならないのじゃ！』

ガルルルルと、シーヴァは全身の毛を逆立たせて抗議した。

仕方ないな……

僕はシーヴァを抱き上げる。

「ほら、こっちにおいで……二人共、とりあえず座って。シーヴァの嫌がることはしちゃ駄目だよ」

僕の言葉に、エンティア先生とメディア先生は不承不承といった感じで席に着いた。

それから全員が着席したのを確認して、僕はルゴスに話の続きを促す。

「まぁ、今のシーヴァでわかっただろうけど、強力な魔物や魔獣ってのは普通に話ができる者も少なくねぇ。つまりシーヴァより遥かに強い力を持つ主様なら、当然会話が可能だ」

「でもそんな話、今まで一度も聞いたことなかったっすよ」

デルポーンが首を傾げながら言った。

確かに国に残る資料には、大討伐により滅ぼされた魔物も、建国の時に討伐したといわれているドラゴンも、意思疎通ができるとは一切書き残されていなかった。

ルゴスはデルポーンの言葉に頷く。

「ま、俺もシーヴァと主様くらいしか、会話ができる魔獣に会ったことはない。大渓谷に棲みついている他の魔獣共は、大体はただ本能で生きているような奴らばかりだった」

「ま、ある程度は珍しい存在ってことかね。それで、そのドラゴンってどんな方なんさね」

メディア先生の質問に、ルゴスは懐かしそうに目を細めながら答える。

「いい人……いい魔獣様だよ。俺がちっちゃい頃はよく遊んでくれたしな」

「子供と遊ぶ？　ドラゴンがかい？」

「ああ、結構暇らしくてな。時々背中に乗せて大渓谷を飛び回ってくれたりもしたな。俺が大渓谷を出るって時も親身に話を聞いてくれてよ。大渓谷の上まで運んでくれたのも主様だ」

懐かしそうに語るルゴス。

彼の語る大渓谷の主の姿は、王国の記録に残っている凶悪なドラゴンという像とはかけ離れている。

ルゴスの話を聞けば聞くほど、一同の顔は奇妙な表情に変わっていった。

きっとみんなの中の凶悪な魔獣ドラゴンの像がどんどん崩れていっているのだろう。

僕だって初めてルゴスやビアードさんから大渓谷の主についての話を聞かされた時は耳を疑ったし、その場に同席していたエンティア先生も同じような顔をしていた。

『なんじゃ、あの婆さんの話をしておったのか』

その時、抱き上げられて大人しくしていたシーヴァが話に加わってきた。

「婆さん？」

『大渓谷の婆さんじゃろ。我も昔、あの婆さんに助けられたからのう』

「助けられたって、大討伐の時にか？」

シーヴァは幼い頃、国の大討伐に巻き込まれて両親を失ったと言っていた。

それからどうやって生きてきたのかと思っていたが……

シーヴァは言葉を続ける。

『他に何がある？　我も生まれて間もない頃でな。何をどうしたのかは忘れてしまったが、気がついたら大渓谷の上で空腹のために倒れてな。そこを婆さんに拾われたのじゃ』

大渓谷の主に拾われたシーヴァは、それからある程度自立できるようになるまで、大渓谷の底で暮らしていたのだという。

『そういえば迷宮作りに夢中になっていて、もう随分と婆さんとは会ってないのう』

そうだったのか。

なら、シーヴァも育ての親に久々に会いたいのだろうか。

「じゃあシーヴァも僕と一緒に――」

『それは断るのじゃ。なぜなら我はもう独り立ちした身。今更婆さんに会おうとは思っておらん』

断られてしまった。

シーヴァが一緒に行ってくれれば心強かったのだけれど、本人がこう言うなら無理は言えない。

そんなことを考えていると、ルゴスの顔に意地悪な笑みが浮かぶ。

「そういや聞いたことがあったな。昔、一匹の魔獣を拾って育てたことがあるって。それがシーヴァだったのか」

『……あの婆さん。余計なことは言っておらぬじゃろうな』

「そうだな。まぁ色々聞かせてもらったぜ、色々とな」

ルゴスの笑みが更に意地悪さを増した。

それを見てシーヴァがあからさまに慌てだす。

『お主っ、何を聞いたか知らぬが絶対にそれを口にしてはならんぞっ。喋ったら食い殺すからのっ‼』

再び毛を逆立てて唸るシーヴァ。

どうやら彼にも他人に知られたくない過去があるらしい。

まぁ、僕だって子供の頃のあれやこれやを人に聞かれるのはかなり恥ずかしいからシーヴァの気持ちもわかる。

「ルゴス、その辺にしておいてあげなよ」

僕は今にも飛びかかりそうなシーヴァを抱く手を強めて、ルゴスに言った。

それから、改めて一同を見回す。

「さて、今までの話で大渓谷の主は話が通じるし、むやみやたらに危害を加えてくるような魔獣ではないことをみんなも理解してくれたと思う」

僕はみんなが頷くのを確認してから言葉を続ける。

「だから、僕はこの地の領主として大渓谷の主……いや、主様にお願いに行くことにしたんだ」

「お願いって一体何をさね」

メディア先生が聞いてきた。

「僕は主様が橋に岩を置いて、この町の水源を止めているのではないかと考えている」

王国による大渓谷開発。

それを中止させようと現れたドラゴン。

ヒューレの魔法でも壊せなかった大岩。

全ての話を総合して、僕はそう結論づけた。

おそらく主様は、水源を止めることで王国が大渓谷の開発から手を引くよう仕向けたのだ。

当時、大渓谷開発のために王国の開発部隊が拠点としたのがデゼルトの町だ。

開発部隊が消費する水を賄えるのは、この町のオアシスの泉のみだったからである。

その泉を枯らしてしまえば、開発部隊は撤退せざるを得なくなる。

だから主様は、この地への水の供給を絶つことにしたのだろう。

迂遠ではあるが、ドラゴン討伐のために本気になった王国軍と真正面から戦うよりは、その方が平和的かつ効果的だという考えがあったに違いない。

現に水源が絶たれ、徐々に水を失っていったデゼルトから、開発部隊はすぐに引き揚げた。

それ以降、この地は王国に見捨てられることになったのである。

僕は一旦立ち上がってシーヴァを椅子の上に降ろし、そのままエンティア先生が立つ黒板の前まで歩いていく。

「僕が大渓谷の主様に頼みたいこと。それはね」

そう言いながら、エンティア先生が描いた大渓谷を横断する橋の一点を指さす。

「昔のようにオアシスを復活させてほしいってことさ」

僕が指で指し示したのは、ヒューレが証言した大岩があると思われる場所だ。

「つまり、その水道橋がオアシスの泉の水源だって言うのかい？」

メディア先生の質問に、僕は黒板を指でコツコツ叩きながら答える。

「実際のところ確証はない。でも、さっき話してたこの橋なんだけどね。ヒューレだけじゃなくてドワーフたちも、昔は橋の上に大岩なんてなかったって言うんだ」

「そう。おかげで荷物を落とした」

ヒューレが無表情ながら、どこか無念そうに言った。

ちなみに落とした荷物は僕が大渓谷に行ったついでに探してみるつもりだが、見つかるかどうかはわからない。

というか、見つかったら奇跡だろう。それだけ大渓谷は広いのだから。

なお、ヒューレも一緒に行かないかと誘ったのだが、シーヴァ同様あっさりと拒否されてしまった。せっかく家出してきたのに帰りたくはないそうだ。

仕方ないので、僕が大渓谷に出向いている間、彼女には以前作ってくれた氷キューブの改良と、この町の警備を任せることにした。

基本的にぐーたらしている駄エルフだが、魔法の力は本物だ。

彼女のことはバトレルに任せてあるので、よほどのことでも起きない限り問題は起こらないだろうと信じている。

本当はバトレルも連れていきたいのだけれど、僕がいない間の領地を任せられるのは、今のところ彼だけなのだ。

「つまり、大岩を取っ払ってもらえれば水は復活すると？」

デルポーンが長い顎をいじりながら聞いてくる。

「おそらくね。図で説明しようか」

僕は黒板に描かれた大渓谷の俯瞰図に、簡単な図を何個か描き足していく。

まず、大渓谷の向こうにあるらしいエルフの森。大渓谷とパハール山の間に位置する。

そして、パハール山とエルフの森と大渓谷を突っ切るように、一本の蛇行した太い線を引いた。

「えっと……それは……雲と蛇（へび）っすかね？」

ポーヴァルが、僕が描いたものを見てそう問いかけてくる。

他のみんなも、僕が描いたものが何かわからないという表情を浮かべていた。

僕の描く絵ってそこまで酷（ひど）いのか、と少し……というかかなりショックを受けつつ、僕は仕方なく答える。

「えっと、まずこれはエルフの森なんだけど」

そう言った瞬間、誰かが小さく「あれって森だったんだ」と呟（つぶや）く声が耳に届いた。

あえて無視して、次に山から大渓谷までの蛇行した線を指し示す。

「そしてこの蛇行した線。これはパハール山を水源とした川だ」

「あ、ああ。わかったさね」

「蛇じゃなかったのか」

「なるほど、言われてみれば……というか言われないとわかんないっすね」

その場に微妙（びみょう）な空気が流れる。

「坊ちゃん、私が描き直しましょう」

エンティア先生がささっと黒板に描かれた僕の絵を消して、あっさりと描き直してしまった。

「おおっ、森と川だ」

「これならわかりやすいな」

「さすがっすね」

　ありがたいけど、みんなのそんな反応を見ているとなんだかとても複雑な気分になる。

　だがみんなの言う通り、さすがエンティア先生だ。

　一目でそれとわかるようになっている。

「えっと、それじゃあ話の続きをするよ」

　僕は気を取り直し、綺麗にわかりやすく描き直された黒板の俯瞰図をもう一度指さしながら、みんなに説明する。

　ヒューレとドワーフ族、そしてルゴスから聞き出した話でわかったのは、パハール山とその近辺から数本の川が大渓谷へ向けて流れ込んでいるということだ。

　流れ込んだ水は大渓谷にたどり着くとそれぞれ滝となってなだれ落ちて、大渓谷の底で一つの大きな川となる。

　その大川の水がどこへ流れていっているのかは不明だが、海に繋がっているわけではないらしい。

　というのも、大渓谷の底は海面よりも更に低い位置にあるからなのだそうだが……詳しいことはわからない。

問題は、今エンティア先生が描いてくれた蛇行した川だ。

これはヒューレが住んでいたというエルフの森の中を流れる川であり、この水が流れゆく先にあるのが――

「この橋なんだ」

件（くだん）の橋は、その川が流れ落ちることでできる滝の真ん中を突っ切るように存在している。

そして、雨どいのように水を対岸まで届ける役目を果たしていたそうだ。

「それがある日、橋の上に巨大な岩が出現した。橋を流れてきた水は岩に阻（はば）まれて、ほとんど対岸まで届かなくなったというわけなんだ」

「さっきも言ったけど、前は魔法で作った氷の船ですいーっと橋を渡れたのに、今回は岩に邪魔（じゃま）されて困った」

ヒューレが無表情ながら、どこか怒ったように言った。

彼女は前に大渓谷を渡った時も、そして今回も、自作の氷船でエルフの里から川を下ってきたのだとか。

「私が高貴（こうき）で、誰にも負けないくらい、凄（すご）い、凄い大エルフだから助かった。そうじゃなかったら大岩にぶつかって死んでいた」

その話を僕に聞かせてくれた時、普段はほとんど表情が変わらない彼女が、珍しく青ざめていた。よほど予想外の事態だったのだろう。

なんせ自慢の攻撃魔法でも大岩は壊せなかったのだから。

彼女は氷魔法でなんとか窮地(きゅうち)を脱したらしい。

それを聞くと、確かに大エルフの彼女だからこそ助かったのだとも言える。

まぁ、普通のエルフ族なら風の精霊シルフの力を借(か)りて空を飛べるから、大渓谷を渡ることくらいは余裕らしいのだけれど。

ツッコむだけ野暮(やぼ)だろう。

「それにしたって、魔法で壊れない岩なんてあるんさねぇ？」

不思議そうに首を傾げるメディア先生に、ヒューレが答える。

「あの岩、私の魔法を吸収したように見えた」

魔法を吸収する岩なんて僕も聞いたことはない。

だけど当事者のヒューレが言うのだから、おそらくは本当なのだろう。

「あんなのエルフ族でも作れない。だからこそ私はこう思った。あれはきっと主の仕業」

ヒューレはわずかばかりの悔(くや)しさをにじませた声で言うと、脇に置いた自分専用の樽(たる)からサボエールを汲(く)んで、「話はこれまで」と言わんばかりに飲み始めたのだった。

◇　◇　◇

こうして、僕は大渓谷の主様と話し合うためにデゼルトの町を出た。

そして旅を始めて、既に三日。

僕とデルポーンはそれぞれ別の馬に乗り、馬上で揺(ゆ)られながら砂漠(さばく)の中を進んでいた。

僕の馬の分まで手綱(たづな)を引くデルポーンは、自らも手伝いながら長い期間をかけて調整し、ほぼ完成形となった馬用砂上靴(さじょうぐつ)――いや、砂上馬蹄(さじょうばてい)と名を改められた新装備について一人喋り続けている。

デルポーンはこの領地にやってきてから、大好きな馬がほとんど活躍できず、自由に走らせることもできずにストレスを溜(た)めさせていることにずっと悩(なや)んでいた。

デゼルトの町の周りであれば地面も固く踏(ふ)み固められているため、馬を駆(か)けさせることも可能だった。

しかし、少しでも町を離れれば、荒野(こうや)のところどころにある柔(やわ)らかな砂地に足を取られかねず、最悪の場合、馬に大怪我(おおけが)をさせかねない。

エリモス領の大半が、そのように不安定な土地なのである。

そのため馬たちは町中での荷物運び程度でしか動き回れず、我慢(がまん)の日々を送っていたのだ。

それが砂上馬蹄のおかげで、通常の草原や整地された道路ほどではないものの、ある程度までなら、エリモス領内の悪路(あくろ)を駆けることができるようになった。

馬たちはもちろんのこと、馬をこよなく愛するデルポーンの喜びは想像に難くない。

しかし、彼の話を「よかったな」と共に喜ぶことができたのは、デゼルトの町を出てしばらくまで。

さすがにそれが三日も続いてはうんざりするというものだ。

既に僕の耳は彼の言葉を右から左に聞き流すだけの筒と化してしまっていたが、それも仕方ないことだろう。

そんなわけで、デルポーンが僕に呼びかけていたことに、しばらく気づかなかった。

「坊ちゃん、坊ちゃん！」

「ん？　なんだいデルポーン」

「あれ見てくださいっす」

僕はもたれかかっていた馬の背から身を起こしながら、少し興奮気味に前方を指さすデルポーンの視線を追って顔を上げる。

最初に目に入ってきたのは、僕たちを先導して歩く二人のドワーフの姿。

ビアードさんの部下である、タッシュとスタブルの二人の足は驚くほど速い。

僕たちは馬に乗っているというのに、彼らは同じくらいの速度でこの足場の悪い中を進んでいくのだから。

そんなドワーフたちの少し上方。

デルポーンが指さしていたのは、今僕たち一行が上っている緩い傾斜の先だった。

「あれが例の砦跡じゃないっすか？」

まだ遠く、風で舞い上がった砂のせいでおぼろげにしか見えないが、確かに砦のような建物が丘の上にぽつんと建っている。

「思ったより小さいな」

時々風がやむ度に砂が一瞬晴れ、石を積み上げて作ったと思われる建物がかすかに確認できた。

かつて国が大渓谷を開発するため、最前線に建築したという砦に間違いないだろう。

そしてここからは見えないが、あの砦の向こう側には、目的地である大渓谷があるはずだ。

ドワーフたちの話によれば、砦は大渓谷の断崖絶壁の近くに作られているとのこと。

国の撤退にあたりそのまま放置されたが、朽ち果てる前にドワーフたちが見つけて勝手に改築をして、今では彼らがデゼルトの町との取引に向かう前の拠点として再利用されているらしい。

「ちょいと上の方が崩れてるように見えるのはアレっすかね。ドラゴンにでも壊されたんすかね」

「いや、ドラゴンが本気で暴れたら、たぶんあんな砦なんて木っ端微塵に吹っ飛んで跡形

も残ってないだろうね」

仮に大渓谷の主様が関わっていたとしても、脅しをかけるために少しだけ壊したのかもしれない。ルゴスの言葉通りであるなら、主様は優しい性格のようだから。

むしろ、ただ単に王国に放棄されて手入れもされずにいたせいで、自然に崩れただけだと考えた方が自然だろう。

デルポーンも納得したみたいだった。

「確かにそうっすね。学校で習った歴史でも、建国の時にはブラックドラゴンを倒すため、女神様から強力な神具と加護をもらった人たちが、大勢で戦ってやっと倒したと書かれていたっすから」

僕はその言葉に、曖昧に頷いておくだけだった。

これまで教わったことが全て事実なのかどうか、今はわからない。

エリモス領に来て色々と経験して、ドワーフやヒューレと話をすればするほど、王都で学んだことがどんどん信じられなくなっていった。

いや、この地にやってくる前から、僕は心のどこかで疑問に思っていたのだと思う。

たぶん最初に僕が様々なことに疑念を抱いたのは、生死の狭間をさまよっていた際に『本物の女神様』から神託を授かった時だ。

その後、僕が師匠と慕うとある人物に出会って、更にこの領地にやってきて、今まで学んだことと現実との齟齬(そご)を目の当たりにした。そうして疑問が確信に変わったと言った方が正しいかもしれない。

　もし僕が今でも王都で学んだことを信じていたならば、恐ろしい魔獣が跋扈(ばっこ)する大渓谷に自ら足を運び、その主であるドラゴンと話し合おうなんて考えなかっただろう。

「坊ちゃんよぉ。もうすぐ砦だ。早速で悪いが着いたら酒の準備を頼むぜ」

　先頭を歩いているドワーフ族のタッシュが、こちらを振り返りながら大声で叫ぶ。

　彼と、そのすぐ後ろを黙々(もくもく)と歩く無口なスタブルの二人は、ビアードさんが昔から頼りにしている仲間なのだそうで、今回デゼルトの町を訪れる際も同行させていた。

　しかしほとんど髭(ひげ)で顔が隠(かく)れているドワーフの見分けはなかなか難(むずか)しく、正直(しょうじき)言って未(いま)だに完全には誰が誰だか区別がつかないでいる。

　ビアードさんだけは判別できるのだが、それも彼がいつも腕に赤い腕輪を嵌(は)めるようになったからであって、完全に見分けられているかといえば嘘(うそ)になる。

　ちなみにその腕輪はビアードさんの妻、つまりルゴスの母親がビアードさんにプレゼントしたものらしく、今でも妻を愛している証(あかし)だと酒の席で豪快(ごうかい)に笑いながら教えてくれた。

「そういえば儀式をするんでしたね」

　僕が声をかけると、タッシュが頷いた。

「おう、俺たちのゲン担(かつ)ぎに付き合わせて悪いが、できれば坊ちゃんたちも一緒に楽しんでくれよ」

ドワーフたちは大渓谷から出る時も大渓谷に戻る時も、一度あの砦の中で簡易的な宴会をする。

それは旅路の安全を願うために始まった儀式のようなものらしいが、僕が思うに彼らはただ単に酒を飲む口実にしているだけではなかろうか。

「坊ちゃん。最高に冷えたサボエールを頼む」

日頃ほとんど喋ることがないスタブルまでもそう言ってきた。

やはりドワーフ族にとって、酒と宴会の話は特別なのだろう。

「はい、任せてください。そのためにコレを用意したんですからね」

僕は腰にぶら下げているバッグをポンッと叩いて、大声で返事した。

このバッグの中には、大エルフであるヒューレが自らの酒生活を充実させるために頑張って作った『氷キューブ試作二号』が入っている。

このキューブをサボエールに入れれば、魔法の力でたちまちに冷えるという仕組みだ。

「しかし坊ちゃん。その氷キューブってのは便利なモンっすね」

デルポーンがバッグに目を向けながら言った。ここ数日の旅で、彼は氷キューブの偉大さを味わっている。

「そうだろう。僕がヒューレに一生懸命頼んでいた理由がわかってもらえて嬉しいよ」

「おかげで馬たちも冷たい水で体を冷やせたんで、ほとんどへばることなく来られたっす」

「出発ギリギリになってヒューレが寝間着のままやってきた時はびっくりしたけどね」

正直に言って、かなりドギマギとした。

元々ヒューレは色々なことに無頓着すぎる。

整った外見をしているのに、無防備というか、男の目をまったく気にしてないというか。

ロマンスを求めて旅に出たというが、ああいう性格の彼女が本当にそんな理由で家出したのか今でも疑わしいくらいだ。

「試作二号の完成を出発に間に合わせてくれた理由も、僕が旅に出るとお酒がしばらく手に入らなくなるからだしさ」

氷キューブ試作二号の対価として、僕は大量の酒を求められた。

結局僕は条件を呑み、氷キューブを受け取る代わりに【コップ】から樽三つ分のサボエールと果実酒をそれぞれ出す羽目になった。

出発前だからなるべく魔力は温存しておきたかったのだが、彼女の努力に報いるためには仕方がない。

しかし結果的に、この氷キューブ試作二号は旅の中でかなり助けになってくれた。それを思えば、今では安いものだったと思っている。

そういえばその時にヒューレが『あと三日くらいあればもう一つ魔道具ができた。お酒ももっともらえたはずなのに。ざんねん』と口にしていたが、一体何を作っていたのだろうか。

別れ際、僕が帰ってくるまでに氷キューブの性能をもっと高めるついでに、その別の魔道具も準備しておくと言っていたけれど。

なんにせよ、楽しみだ。

「ヒューレ嬢ちゃんも、最初会った時は話に聞いていたエルフ族とちょっと違っていて戸惑いましたがね。馬たちの代わりに、帰ったらお礼しなきゃならないっすね」

「ドワーフの村で何かお土産でも買っていくといいんじゃないか？　酒のつまみになりそうなものとかさ」

ドワーフ族は無類の酒好きだが、酒造りの腕は人族には及ばない。

そのため彼らはデゼルトの町へ、危険を冒してまでサボエールを買いに来ていた。

ということはドワーフの村で何かを買うなら食べ物の方がいいだろう。

アクセサリーとかそういったものは、ヒューレは喜びそうにないし。

「砦に着いたら馬たちにまた冷たい水を飲ませてあげようか？」

「あんまり冷たすぎるとお腹こわしちまうんで、いつものようにほどほどでお願いするっすよ、坊ちゃん」

氷キューブは初代に比べれば制御しやすくなった。初代は際限なく周囲のものを冷やしてしまったからな。

といっても、まだ試作品段階の代物だ。

時々誤作動を起こして、入れた水やお酒が凍る寸前まで冷やし続けてしまうことがあったりもする。

そういったわけで馬たちに飲ませる前に、一度【コップ】から普通に出した水と混ぜて温度調整しないといけないのだ。

「坊ちゃん。俺たちのサボエールは凍る寸前くらいまで冷やしてもかまわねぇからな。いや、むしろそうしてくれ」

タッシュの言葉に、スタブルも無言で頷いて同意する。

元々はぬるいサボエールしか知らなかった彼らだが、ヒューレのせいでもうすっかりキンキンに冷えたサボエールの虜である。

もちろん僕も、今では果実酒やサボエールは冷やしたものしか飲めなくなってしまっていた。

「もちろん。キンキンに冷やしますよ」

「そいつは楽しみだ」

そんな会話を続けているうちに、さっきまで遠くに見えていた砦がいつの間にやらかなり近くまで迫ってきていた。

ここまで来ると、砦の今の状態がよくわかる。

デルポーンが口にした通り、砦の上部はかなり崩れてしまっていた。そこだけ見ると、とても今も使われている施設には見えない。

しかし遠目からはわからなかったが、天井付近を除いた下の方はきっちり手入れされていて、扉や窓などもまったく壊れた様子はなかった。

ドワーフたちから聞いていた通り、彼らが地上の拠点として作り直したのだろう。

「馬は右の奥に厩舎があるからそっちだな」

タッシュが砦の右側を指さしながらデルポーンに言った。

そちらを見ると、確かに厩舎のような建物があった。

「俺たちは使わねぇんだけどよ。荷物置き場にちょうどよかったんで直したんだ」

「じゃあ中は荷物でいっぱいなんじゃ？」

「いや、確か今置いてある荷物はそんなに多くねぇはずだ。だから馬二頭くらいなら余裕だろうよ」

元々は王国が荷馬車を往復させていた時に作られた厩舎らしいが、今はドワーフたちの物置となっているとのこと。

もちろん当時は砂上馬蹄なんてものはないはずなので、専用の道がデゼルトから繋がっていたに違いない。もっとも、今は砂で埋まってしまっているけれど。

いつか余裕ができたらまたその道を復活させて、ドワーフとの交易路をより便利にしたいものである。

デルポーンは僕が下馬するのを手伝うと、更に荷を下ろしてから僕に声をかける。

「それじゃあ坊ちゃん。あっしは馬を休ませてきますんで、先にタッシュさんたちと砦の中に入っておいてくださいっす」

そう言って馬たちを厩舎の方へ連れていくのを僕は見送った。

今回連れてきた馬は二頭。

僕とデルポーンでそれぞれ一頭。

ドワーフたちにも勧めたのだけれど、彼らは徒歩の方が速いと言って断られたのだった。

最初はただ遠慮しているだけかと思ったのだが、実際町を出て防砂林を越えた先の足場が悪くなってくるあたりから、彼らの言葉が嘘でもなんでもなかったと思い知らされることになったのである。

「坊ちゃん。早く宴会の用意を始めようぜ」

砦の大きな門の横にある扉から、荷運びを終えたタッシュが戻ってくる。

「よっと」

そして座り込んで休んでいた僕を軽く抱え上げると、そのまま砦の中に荷物と同じように運んでいく。

「ちょ、ちょっと」

いくら僕が小柄だからって、あまりにも子供扱いしすぎやしないだろうか。

「わかりましたよ。すぐに準備しますからもう下ろしてください。僕も子供じゃないんですから一人で歩けますって」

さすがに恥ずかしくなって、顔に熱が上るのを感じながら叫ぶ。

タッシュに運ばれる形で砦の中に入って最初に驚いたのは、そこら中に光石（こうせき）が埋め込まれて輝きを放っていたことだった。

日の光の下ほどではないが、窓から離れた場所でも十分な光量がある。

デゼルトの町にあった光石も、ドワーフたちがもたらしたものだったはずだ。

「それにしてもこの光石っていうのは便利なものですね」

「ああそうだな。この石を使いだす前は、俺たちも坑道の奥とか建物では魔力灯（まりょくとう）ってもんを使ってたんだがよ、それが結構魔力食いでな」

「魔力灯ですか」

「なんでぃ坊ちゃん、知らないのか。これだよ」

そう言いながら、タッシュは僕を抱えていない方の手を自らの髭の中に突っ込（つっこ）んだ。

いや、実際には服の中だろうけれど、僕には髭に手を突っ込んだようにしか見えない。

タッシュは髭——もとい、服の中から、握りこぶし二つ分ほどの大きさの、縦長の器具を取り出した。

「見てな」

タッシュが器具に魔力を流し込み始めた。

すると——

「うわっ、まぶしいっ」

突然器具が輝き始めた。

坑道の奥で使用していたというだけある。

その光量は僕が思っていたより遥かに強く、僕は思わず両手で目を覆った。

「おおぅ、すまんすまん。久々に使ったから光量調整がおかしくなってたみたいだな。さすがに俺もまぶしいぞ」

タッシュは「がっはっは」と豪快に笑い、何やらゴソゴソとし始めた。どうやら魔力灯を操作しているらしい。

しばらくして、両目を塞いでいる僕にタッシュの声が届いた。

「これでどうだ」

僕は両手を開き、少し眩んでいた目をゆっくりと開ける。

魔力灯は先ほどよりもかなり光量が小さくなり、壁の光石ほどの輝きまで抑えられていた。

「これが魔力灯ですか。人間の国にも似たようなものはありましたけど、あんなに強く光るものはさすがになかったからびっくりしました」

「まぁそりゃ仕方ねぇわな。人間程度の魔力量であれだけ光らせようと思ったら、あっという間に魔力が枯渇して倒れる。最悪、死んじまうだろうな」

タッシュは魔力灯を消すと、また服の中に仕舞い込んだ。

それにしても、何度見ても髭から道具を出し入れしているようにしか見えない。

もしかしたら、本当にあの髭が収納になっているのではなかろうか。

僕たちは人類以外の種族のことはあまりに知らなすぎる。

なんせ大エルフのことを、聞き間違いでハイエルフという名前だと思い込んでいたくらいだ。

「魔力灯は確かに便利なんだが、ドワーフの魔力でも一日使えれば御の字、ってくらいの魔力を消費しちまう。だから光石ができてからは、一部の物好き以外は使わなくなっちまったんだ」

そう言ってまた豪快に笑いながら、タッシュは明るく照らされた砦の廊下を歩いていき、やがて扉の前で止まる。

「着いたぜ、坊ちゃん。この中が宴会場だ」

タッシュは扉を開き、先に中へ入っていく。

そのあとに続くように扉を潜って、僕は中を見た。

「って、ただの大広間じゃないですか。まぁ、机と椅子と酒樽があればドワーフの皆さんはどこでも宴会場にしちゃいますけど」

部屋の中は思ったより広い空間になっていて、中央に大きめの机と、それを囲むように椅子が並んでいた。

部屋の壁沿いには、いくつもの酒樽が置かれている。

「がっはっはっは。坊ちゃんも言うねぇ。まぁでもよ、ここは正真正銘、俺たちが旅立ちの前とあとに儀式として宴会をする場所なんだぜ」

タッシュは笑いながら何個も並んだ樽を指さした。

もちろん中は空っぽなのだろう。

僕は「やれやれ」といった表情をわざと浮かべてその樽のそばに向かう。

「はいはい、わかりました。この樽に【コップ】で酒を注げばいいんでしょ」

「おう、頼むわ。今日はドワーフ族は二人しかいねぇから、酒樽二個にサボエールと果実酒をそれぞれ満杯にしてもらえば足りるだろ」

「僕はお酒は少しでいいですよ。あとは紅茶でも飲んでますから、ドワーフ族に付き合う犠牲者はデルポーンだけにしといてくださいね」

そう返事をしつつ、バッグから氷キューブ試作二号を取り出す。

そして少し操作してから樽の中に放り込んだ。

氷キューブ試作二号は、僕がヒューレに依頼した簡易的な温度調節機能と、起動・停止機能が備わっている。

ただ先ほど述べたように、時々温度調節機能が誤作動を起こしてしまう不具合がある。

ほぼ完成形のような出来ではあるのだが、ヒューレが『試作品』と呼んだ理由はそこにある。

あんなぐうたら駄エルフではあるが、もの作りに関しては妥協を許さないらしく、僕が帰るまでには絶対に不具合を全て解消しておくと意気込んでいた。

そういうところや酒好きな点を見ると、彼女はエルフなのにドワーフと変わらないように思えてしまう。

まぁ元々僕が抱いていたエルフやドワーフに関する想像も、王都に残る曖昧な記録を元にしたものでしかないので、実は彼らも似た者同士なのかもしれない。

もちろん外見や住んでいる場所はまったく違うわけだけれど。

「じゃあやりますかね。なんの問題もなくここまでたどり着けたおかげで魔力もほとんど減ってないし、この程度なら余裕だな」

僕は【コップ】のスキルボードを開いて【サボエール】を選択する。こうすることで、

【水】以外の液体も出すことが可能なのだ。

そして右手に【コップ】を出現させ、樽に向けて傾けた。

最近になって何度か能力が開放されて、聖杯の力が戻ってきた影響なのか、【コップ】から出す液体の量と速度が増してきたのを実感していた。

そのおかげで、大きな酒樽をサボエールで満杯にするのにもそれほど時間はかからず終わった。

「次は果実酒だな。もう一つ氷キューブがあればいいんだけど、今は一個しかないからこっちは常温で」

スキルボードを操作してもう一方の樽に【果実酒】を入れていると、僕が入ってきた扉と反対側の扉からスタブルがやってくるのが目に入った。

確かあちらには大渓谷があったはずだ。

スタブルは宴会場に入ってくると、せっせと荷物と備蓄品を確認し、中から食料品や食器類を取り出して宴会の準備をしているタッシュの方へ歩いていく。

そのまま彼はタッシュと何やら話を始めた。

しばらくすると、スタブルから何かを聞いたらしいタッシュが僕のそばまで歩いてきて、説明してくれた。

「坊ちゃん、どうやら下りるのは早くても明日の昼過ぎくらいになりそうだ」

本来なら儀式という名目の宴会のあと、しばらく休憩してからすぐに大渓谷の底に向かう予定だったのだが、それが延期になったという。

どうやらスタブルは、僕たちが宴会の準備をしている間に、大渓谷の底に下りるためにドワーフたちがこの砦に取りつけたという昇降装置の最終確認をしていたらしい。

それと同時に、大渓谷へ安全に降下できるかどうかを調べるのも彼の仕事なのだとか。

しかしスタブルが昇降装置を調べに行ったところ、大渓谷内の上層部で風が渦巻いているのを確認したのだとか。

パハール山とエルフの森から吹き下ろしてくる風と、大渓谷の中から吹き上がる風によって、まれに大渓谷には歪な風の流れが起こる時がある。

半日から一日程度で収まるのだが、その風が吹いている間に昇降装置を使うと、予想外の風のあおりを受ける可能性があるため危険なのだそうだ。

そのためドワーフたちは風が落ち着くまで待ってから降下するのだという。

この砦で儀式を行うようになった理由も、元々はその風が収まるまでの時間潰しが始まりだった……とかなんとか。

「とまぁ、そういうわけでよ。慌ててもしゃーねぇからゆっくり宴会を楽しもうじゃねえか」

「はぁ……別に風とか言い訳しなくても宴会はするんでしょうに」

「そうだけどよ。ほら坊ちゃんみたいな真面目っ子は何かと理由つけないとはっちゃけられねぇだろ？」

「じゃあその風という話は嘘なんですか？」

「いや、スタブルが言うには危険な風は本当に吹いてるらしい。俺たちだけなら無理すりゃ下りられるが、坊ちゃんを連れていくなら万全を期した方がいいだろう？」

「それはそうですね」

「だからよ。これも女神様……だっけ？　その粋な計らいだと思って、一緒に酒を飲んではっちゃけようや」

タッシュが髭を豪快に揺らして笑いながら、机の上にあったジョッキを僕に手渡してくる。

「別にはっちゃける気はないですけどね」

「坊ちゃんの、ちょっといいとこ見てみたいってな」

「そういうの、あんまりよくないですよ」

「お堅いねぇ」

僕は一つ大きなため息をつくと、ジョッキを受け取った。

「じゃあ少しだけですからね。僕、お酒はあまり強くないから」

タッシュもジョッキを持ち、そしていつの間にか同じくジョッキを取り出していたスタブルと三人で酒樽の方に向かう。

「あっ、もう宴会始まってたんすか？　呼んでくださいよ！」

後ろから扉の開く音と同時に、デルポーンの声が響いた。

僕らはデルポーンを手招きし、それぞれキンキンに冷えたサボエールを雑に掬い取ってからジョッキを掲げた。

「それじゃあこの先の安全を願って」

タッシュのかけ声と共に、大広間に「乾杯！」と大きな声と、ジョッキをぶつけ合う音が響き渡ったのだった。


雑に始まった宴会はなかなかに盛り上がり、やがて夜も更けていく。

エリモス領最果てにある捨てられた砦で、僕たちは夜遅くまで色々な話をした。

お酒は一杯だけであとは紅茶で誤魔化すはずが、僕が婚約破棄をされた話で変に盛り上がったせいで、つい悲しい記憶が呼び起こされてお酒が進む。

成人してからほとんどお酒を飲むことがなかったため、段々と頭が痛くなってきた。

そこで、変に悪酔いする前にデルポーンを生贄……ではなくドワーフたちの話し相手に残して、砦の中に作られた寝室に向かうことにした。

正直、ドワーフたちの酒宴にまともに付き合えるとしたらヒューレくらいのものだろう。

僕は気絶するように眠りに落ち、そして翌朝。

目覚めた僕が宴会場に顔を出すと、そこには無残な姿のデルポーンと、豪快ないびきをかきながら眠る二人のドワーフの姿があった。

眠る時もジョッキを大事そうに抱きかかえている彼らの脇で、デルポーンは顔を真っ青にして眠っていた。

間違いなく起きたら二日酔いになっているに違いない。

床に倒れている三人を横目に僕は宴会場を通り抜け、昨日スタブルがやってきた扉を開け廊下を進んでいく。

「この扉の向こうかな」

廊下の突き当たりの重い扉を、僕はゆっくりと開いた。

その先には、僕がずっと夢見ていたあの場所——大渓谷があった。

「うわぁ……」

目の前に広がったとんでもない光景に、思わず感嘆の声を上げる。

「これが大渓谷なんだ……想像してたよりも凄い景色だな」

左右、地平線の向こうまでずっと続く巨大な溝。

下を覗き込んでみるが、もちろん底など見えるはずもない。

「吸い込まれそうだ」

僕は身震いをすると、一歩あとずさる。

対岸は薄いもやがかかってはっきりとは見えないが、広大な森が広がっているのがわかる。

「本当に聞いていた通り、対岸はぼやけてよく見えないな。でもあれがヒューレが住んでいたっていうエルフの森なんだろうな」

目の前の巨大な渓谷は、この大陸をほぼ真っ二つに割って存在していると本には書いてあったが、実際に目にするまで半信半疑であった。

けれど実際目にして、それが真実だと直感が告げている。

そして大渓谷の上空には、対岸をぼやけさせている薄いもやが広がっているのだが、その中を鳥のようなものが何十も飛んでいるのが見えた。

遠目でも巨大さがわかるそれは、文献にも記されていた大渓谷の飛行型魔獣だろう。

文献によれば王国が大渓谷の開発を始めた時、邪魔になる飛行魔獣の排除を行おうとして多数の犠牲を出したとか。

国内から魔獣を一掃した王国ですら敵わなかった理由も、見た瞬間に理解した。

あんな化け物共と戦えば当たり前だ。

「たまに王都に現れる魔獣とは、桁違いに強いのだろうな」

王都にいた頃、時々大渓谷や国外から魔獣が迷い込むことがあった。

もちろんすぐに王国軍によって討伐されるのだが、たぶんあれは目の前の飛行型魔獣のような強大な存在に追い出された、弱い魔獣だったに違いない。

「この壮大な景色をバトレルやエンティア先生にも見せてあげたかったな」

今回の旅に出発する日のこと。

エンティア先生はまたもや動けないほどの熱を出して倒れたのだった。

本人は死んでも行くと玄関まで這ってきたのだが、さすがにそんな病人を連れていけるほど簡単な道のりではない。

彼女は僕だけでなくドワーフたちやバトレルにも止められたが、それでも「連れていけ」と駄々をこね続けた。

結局、メディア先生が連れてきてくれた魔植物のジェイソンによって、ぐるぐる巻きにされて医務室へ強制連行されることになった。

その後、エンティア先生はジェイソンの蔦でベッドにがんじがらめにされ、熱が下がるまでそのまま拘束を続けることが決定。

あとのことはメディア先生に任せて僕らはそのまま旅に出発したわけだけど……

「エンティア先生、結構重症っぽかったけど。まさか死んでないよね？」

「私なら生きてますよーっ！」

「えっ」

僕の呟きに、予想外の方向から返事がして空を見上げた。

そこには崩れかけの砦の櫓と、その上にぽつんと置かれた何やら四角い大きめの籠。

そしてその籠から顔を出していたのは――

「エンティア先生！　どうしてそんなところに」

「皆さんを追いかけてきたんですよ。いやぁ、間に合ってよかった。既に下まで行かれてたらどうしようかと心配していたんです」

『その時は我が渓谷の底まで運ぶ羽目になるところじゃったわ』

エンティア先生の頭の上にはシーヴァが載っていた。どういうわけか、とてつもなく疲れた表情をしている。

『とりあえずこれで用件は果たしたじゃろ……少し休ませてほしいのじゃ』

シーヴァの言葉から推察するに、エンティア先生はシーヴァに運ばれてこの砦までやってきたようだが……

「しかしシーヴァくんがいて助かりましたよ。いやぁ、凄かった。さすが自称魔獣の王というだけはありましたね」

エンティア先生は上機嫌に言って、籠の外に出て櫓からひょいっと下りてきた。

シーヴァも地面に着地し、フラフラと宴会場に向かう。向こうから漂ってくる食べ物の匂いを嗅ぎつけたらしい。

僕は混乱しかかっている頭を左右に振り、エンティア先生に話しかけた。

「落ち着いて、どうやってここまで来たのか最初から話してくれないか？　というか熱はもう大丈夫なの？」

エンティア先生は昇降装置の横に備えつけられていた長椅子に腰かけ、口を開いた。

「そうですね、ではあの日ジェイソンくん……でしたっけ。メディア先生の下僕に捕らわれたあとからでいいですか？」

下僕って。

どうやらあの時無理やり拘束されたことを恨んでいるようだ。

「そこからでいいよ。熱を出した理由から聞いても仕方ないし。どうせドワーフの村に行けるからって、いつかの遺跡探索の時のように徹夜で余計なことして風邪を引いたとかそんなことでしょ？」

「余計なこととは失敬な。私は大渓谷についての様々な資料をですね――まぁいいでしょう」

エンティア先生はコホンとわざとらしい咳払いをして、話し始めた。

僕たちが旅立ったあとに何があったのかを。

◇　◇　◇

シアンが大渓谷に向けて出発した日。

魔植物ジェイソンに簀巻きにされたエンティアは、熱が下がるまでトイレに行くのも食事をするのもジェイソンに縛られたままの状態だった。

そして夜も遅くなった頃、彼女のもとにメディアが訪れた。

メディアは、一本の赤い液体の入った瓶を持っていた。

彼女はエンティアの枕元までやってくると、わずかに口角を上げ、耳元で囁く。

『開発中の新薬で、あなたの症状に劇的に効く可能性があるものを持ってきたさね。まだ動物実験しかしてないけど試してみるかい？』

それは悪魔の囁きであった。

いつものエンティアなら、メディアの危ない誘惑になど乗らなかっただろう。

だが、ドワーフの村への旅を諦めたくない彼女には、その提案を拒むことはできなかった。

『もちろん！』

彼女は二つ返事で了承した。

メディアはその言葉を聞いてニヤリと笑った。

その表情を見たエンティアは一瞬、「自分の判断はもしかして間違いだったのではないか」と後悔する。

だが、結局はそれでも大渓谷へ向かう可能性を信じて薬を飲むことを選んだ。

メディアはエンティアの顎を優しく掴み、瓶を唇に押し当てて傾ける。

『さぁ、一気に飲み込むさね』

エンティアは言われた通り、流し込まれた少し生臭くてドロッとした液体を飲み込んだ。

一体これはどんな薬なんだろう。

エンティアはメディアに問うために体を起こそうとした。

瞬間。

『うぐっ……がっ……』

体の中心が焼けるような熱さを感じて、彼女は起こした体をもう一度ベッドに倒れさせる。

痛みはない。

ただ、風邪の時よりももっと強い、我慢できないほどの熱が体中を駆け巡っていた。

『ちょっと人間には強すぎたかもしれないね。でも死ぬことはないはずだから安心するさよ』

メディアのそんな安心できない言葉を聞き、エンティアは意識を失った。

翌日。

エンティアが目覚めると、昨夜のことがまるで夢だったかのように熱が完全に引いていた。

薬を飲んだ際に出た熱はもちろんのこと、風邪の熱もである。

彼女があたりを見回すと、メディアの机の上に薬の空き瓶と、その下に挟み込まれていた手紙を発見した。

エンティアはベッドから下り、机に近づいて手紙を手に取って読み始める。

『経過をしばらく見ていたが、何も問題はなさそうだったので私は農園の方に行くさよ』

そこには、そんな簡単な一文が書かれていただけだった。

メディアはエンティアが気絶したあと、異常が起こらないか見守っていたのだった。

エンティアはそのことに感謝しつつ、手紙を机に戻して椅子に座り込んだ。

風邪は完璧に治っている。

だが既にシアンとドワーフたちが出発して一日が経った。

今から追いかけたところで、追いつけるはずもない。

デルポーンがいれば、彼に馬を出してもらって追いかけることもできたのだろうが、残念ながら今回は彼もシアンたちに同行して出ていってしまっている。

砂上馬蹄の予備はあるものの、デルポーンの調整がないまま馬を操れるとも思えない。

せっかく熱は下がったというのに、完全にお手上げ状態である。

ドワーフの村という甘美な蜜を前にして完全にお預け状態。

むしろ風邪でウンウン唸っていた方が、生殺しのような気分を味わうより遙かにマシだったかもしれない。

そんな風にエンティアが悩んでいる時だった。

突然医務室の扉が開き、隙間から茶色い物体が侵入してくるのが目に入った。

シーヴァである。

彼はこの部屋にメディアがいると聞いて、町に出かける前にモフモフしてもらおうとやってきたのだったが……

シーヴァにとっては残念なことに、この部屋に今いるのはメディアではない。

『げっ、エンティアっ』

シーヴァはエンティアと目が合った瞬間、驚きの声を放った。

一瞬の硬直のあと、シーヴァは部屋から逃げだすために、入ってきた扉に向けて走りだそうとした。

だが、その判断はわずかに遅かった。

風邪が完治したことで再び蘇ったエンティアの天才的な頭脳は、シーヴァと目が合ったその一瞬で、それからの全ての計画を組み上げていたのである。

ピシャッ！

いつの間にか先回りしたエンティアによって、シーヴァの目の前で唯一の逃げ道であった扉が閉じられてしまう。

『な、なんじゃその動きは！』

人間離れしたエンティアの動きに驚き、足を止めるシーヴァ。

あとで判明することだが、エンティアはメディアの謎の薬による副作用で一時的に身体能力が向上していた。

本来なら突然上がった能力に脳がついていかず、副作用が治まるまで動くこともままならないのだが、彼女の頭脳と、大渓谷に行きたいという欲望が不可能を可能にさせた。

「シーヴァくん。君、確か空を飛べたよね」

『あ、ああ。以前見せたことがあるのう』

「あれ、本気を出せば私くらいなら軽く運べるんでしょう？」

『なっ、なぜお前がそれをっ！　シアンしか知らないはずの我の秘密じゃぞ！』

「まぁまぁ、そんなことはどうでもいいじゃないですか」

『よくはないじゃろ！』

ジリジリとにじり寄ってくるエンティアの前で、自称魔獣の王は体を小刻みに震わせた。

シーヴァは、以前彼女に解剖されかけたことが未だにトラウマになっていた。

シーヴァが少し本気を出せば人間など一瞬で葬り去れるのだが、精神的なトラウマというものは、そんなことすら忘れさせるらしい。

「君に一つ頼みたいことがあるんだけど、聞いてくれませんか？」

『な、なんじゃ。解剖は嫌じゃぞ。あと実験に使われるのもっ』

ぷるぷるぷるっと本物の小犬のように体を震わせ、動けなくなっているシーヴァの体を、エンティアはがっしりと掴んだ。

その瞬間、シーヴァの体はまるで石になったかのように固まって、その目に涙が浮かぶ。

「私の願いを聞いてもらえるのであれば、この先君には一切手出しをしないことを誓いましょう。もちろん解剖や実験も……少し残念ですが背に腹は代えられませんので」

『そ、それは本当なのかのぅ？』

「ええ、本当です。女神様に誓って」

『わ、わかったのじゃ。で、その頼みごととは一体なんなのじゃ』

「それはですね――」

◇　◇　◇

そうしてエンティア先生は籠を用意して、シーヴァの力を借りてこの砦まで飛んできたのだという。

しかし一体、エンティア先生はなぜシーヴァの真の飛行能力を知っていたのだろうか。

もちろん僕はそのことを一切誰にも話してはいない。

僕は気になってそのことを問いただしたのだが、彼女の返答はたった一言。

「それは企業秘密なのでシアン様にも教えられません」

そんなそっけない言葉だけであった。

第二章　ゴンドラと飛行魔獣とドワーフの村と

カリカリカリカリ。

そんな音を立てつつ、僕たちが乗った昇降装置はゆっくりと大渓谷の壁面を下降していく。

今聞こえている音は、昇降装置をぶら下げる鋼鉄製の鎖が響かせている音である。

砦に取りつけられた歯車の振動が伝わってきているために、そんな音になるのだとか。

ドワーフたちによって砦に取りつけられた昇降装置は、馬車も乗せられそうなほど大きなゴンドラだった。砦から大渓谷の途中にある中継点まで、このゴンドラで下りていくのだとか。

だが、大渓谷の深い底まで下りるためには、とても一つの昇降装置では無理である。そのため、中継点ごとに同じような昇降装置を何回か使う必要があるとか。つまり、ゴンドラを複数回乗り換えるということである。

ドワーフたちはいつもであれば、町との交易で手に入れた複数の酒樽をこのゴンドラに乗せて下りる。

そのために馬車が乗れるほどの広さがあるわけだが、今回はその一番の荷物であるはずの酒樽はない。

なぜなら直接サボエールを出すことができる僕がいるからである。

さて、そんなわけでゴンドラの中は広く余裕があるのだけれど、興味津々で中をウロウロ歩き回り、大渓谷の様子に大はしゃぎしているエンティア先生と違い、僕は不規則に風で揺れるゴンドラの中央に一人座り込んでいた。

正直に言うと、揺れるのが怖いのである。

ちなみにデルポーンは馬の世話と、もしも何かあった場合にデゼルトの町との連絡役として砦に残った。

「大渓谷の底でも馬は必要なんじゃないかな」

と、エンティア先生と合流したあとにドワーフたちと相談したのだが、どうやら大渓谷の下部はかなり足場が悪く、馬を歩かせると危険とのこと。

結局、馬を連れていくことは断念した。

そんなに時間をかけずに戻ってくるつもりだが、それでも数日は砦に放置していくことになるため心配だ。

一応ドワーフたちが言うには、大渓谷の飛行魔獣がこの砦までやってくることはないらしい。馬の餌と水さえ用意しておけば大丈夫だと彼らは言った。

その話を聞いて、すぐにデルポーンは手を上げた。

彼はこのゴンドラを見てからずっと顔色が悪かった。

「アレに乗るっすか？　勘弁（かんべん）してほしいっす」

と震えていたデルポーンは、これ幸いとばかりに馬の世話と連絡役を買って出たのだった。

「あっしはここに残って馬たちの世話をしてるっす。それにみんなで下りていって何かあったら大変っす」

デルポーンはどうやら高所恐怖症であるらしい。

そんな彼にとって、ゴンドラは鬼門（きもん）だったようである。

僕らを見送る時も、彼は決して大渓谷が見下（みお）ろせるところまで寄ってくることはなかった。

あの時、僕は彼のことを少し臆病（おくびょう）な奴だなと心の隅で思っていた。

しかし結果的に今、僕は揺れまくるゴンドラの中央で恐怖に身をすくませている。

侮（あなど）ってごめん、デルポーン。

そんな後悔に苛（さいな）まれることしばらく。

やがてゴンドラは最初の中継地点にたどり着いた。

ようやく揺れない地面に下りて人心地（ひとごこち）ついたが、すぐに次のゴンドラが設置されている

『ゴンドラの駅』まで歩かねばならない。

ふらつきながら歩きつつ、ドワーフたちに詳しく話を聞くと、大渓谷の底近くにあるドワーフの村までは合計で四回の乗り換えが必要らしい。

タッシュは優しげな目で僕に言った。

「坊ちゃんよぉ、よく頑張ったな。どうしても上の方にあるやつぁ風にあおられるからな」

「あんなに揺れるとは思いませんでしたよ……」

「まぁ安心しな。これから先のゴンドラはさっきほど揺れることはねぇはずだ」

その言葉に思わず笑みが浮かぶ。

が、彼の次の言葉にまた表情を強張らせることになる。

「だが、次と、その次のやつは時々飛行魔獣が襲いかかってくることがあるから、気を抜かないようにな」

「襲ってくるんですか？」

「まぁあいつらも学習してるから、そう滅多に襲ってはこねぇけどよ。時々覚えの悪い馬鹿なのや、餌を食いっぱぐれて飢えてる個体とかがやってくることがある」

上層の風が強いところではそれほど見かけない飛行型魔獣も、下るほど徐々に数を増していくらしい。

結果として、タッシュの言葉通りだった。

二つの中継点を通り過ぎるまでの数回、魔獣による襲撃を受けそうになったのである。

僕の身長の数倍はあろうかというほど巨大で、凶悪な顔をした飛行魔獣が近くまで寄ってくるのは、なかなか心臓に悪い体験だった。

といっても魔獣たちはゴンドラの中で身構えるドワーフたちの姿を目にすると、あっさりと元来た方向へ帰っていったのだが。

「あいつらの親玉を何年か前にビアードのおやっさんと一緒にぶち殺してから、俺たちを見ると逃げやがるんだよな」

タッシュは自らの背丈ほどもある戦斧を肩に担いで豪快に笑い声を上げ、逃げていく飛行魔獣を見送った。

さすがドワーフの村最強とうたわれるビアードさんとその仲間たちである。

ちなみにタッシュの持つ戦斧は、いつでも使えるようにとゴンドラに常に備えつけられているものだ。

使われることがなくて本当によかった。

そうした初めての経験もしつつ、乗り換えを重ねていよいよ最後のゴンドラに乗る。

既に周りに吹く風はほとんどなく、飛行型魔獣もここまでは下りてこないのか姿を見せなくなり、少し余裕が出てきた僕はゆっくりとゴンドラの下の風景を眺めることができるようになっていた。

「大渓谷の底は光が届かないから真っ暗だろうってずっと思ってたけど」

見下ろしたその場所は、壁面だけでなく、地面にも埋まっているらしい光石の輝きにより、大渓谷の外と変わらないほどに明るい。

それだけではない。

僕はドワーフたちが住んでいるのは『村』と聞いていたので、小さな集落がひっそりとあるものだと思っていたのだが……

「下に見えるのがドワーフの村ですか？」

「おうよ。綺麗だろ？　俺たちの先祖が代々作り続けてきたもんだ」

綺麗に道が整備され、ざっと見る限り百棟以上の特徴的な建物が建ち並ぶその姿は、村という言葉のイメージと合致しない。

広さを除けば、デゼルトの町より立派なくらいである。

「あそこにどれくらいのドワーフ族が住んでいるんですか？」

「そうさな、五十人くらいじゃねぇかな」

「えっ？　五十人？　五百人じゃなく？」

僕は予想外の人数に思わずタッシュの顔を凝視してしまう。

眼下に広がる町並みは、どう見ても五十人しか住人がいないとは思えないほど立派なものだ。

最低でも数百人以上は居住しているように見える。

「俺たちドワーフ族は人間族と違って生まれる子供が少ねぇんだよ。もの作りはみんな大好きで大得意なのに、なぜか子作りは苦手でよ」

タッシュはがっはっはと笑い、言葉を続ける。

「うちんとこもスタブルのとこも未だに子供がいやしねぇしな。今はゴーティのところの子を合わせて……ま、ガキは数人くれぇじゃねぇかな」

ゴーティはデゼルトの町にやってきたドワーフの中の一人で、次期村長候補だと言われていた。

もしかしたら村長候補になるには、子供の有無も関係があるのだろうか。

デゼルトの町も、主に過疎と栄養問題のせいで子供が少なかったが、ドワーフたちの村はそれ以上に子供が少ないということか。

長命の種族は子供の生まれる数が少なくなると聞いたことがある。

ドワーフたちの正確な寿命は文献によってバラバラで、五百歳と書かれている書物もあれば、二百歳とする説もある。

いずれにせよ、僕らに比べれば二倍以上もの寿命を持つのは確かだ。

「人口は増えねぇってのに、誰かが面白いアイデアを浮かぶ度に好き放題建物を建てちまってな。だから村にあるほとんどの建物は空き家なんだよ」

僕はだんだん近づいてくる村を見下ろしながらタッシュの言葉を聞いていた。

村の建物に統一感はないが、遠目でもわかるほどどれもこれも素晴らしい作りのものばかりである。

だが、確かにドワーフの姿はほとんど見当たらない。

建物の各所に光石が埋め込まれているおかげで暗さは一切感じないが、そこに動く人影は極端に少ない。

そのせいで、寂しさすら感じてしまう。

想像していたドワーフの村とかけ離れた光景に僕は目が離せず、ゴンドラの縁で町並みを見続けていた。

やがてゴンドラが大渓谷の底にゆっくりとたどり着く。

出迎えは誰一人いないが、タッシュたちも今日村に帰るとは連絡していなかったので仕方がない。

『久々に来たが、やっぱりこの村は色々な意味でおかしいところじゃのう』

ゴンドラから下りてすぐ、シーヴァが周りを見渡しながらそんなことを口にする。

彼が大渓谷でドラゴンに助けられ、少しの間育てられていたのはもうかなり昔のことらしい。

「前にも来たことがあるのか？」

「まあの。今ほど妙な建物は多くなかったと思うが」

「へぇ。どう？　やっぱり懐かしいって思ったりする？」

『懐かしいというよりも、使いもしない変な建物がまたいっぱいできていることに呆れるのじゃ。まったくドワーフ共は成長していないのう』

　僕はシーヴァと会話しながら、やっとたどり着いた念願の大渓谷の底を見渡した。

　光石で明るく照らされた地面は、タッシュが言っていたように凹凸が多く、人が歩く分には問題なさそうではあったが、確かに馬では厳しいだろう。

　足の裏に感じる土の質は思ったより柔らかいが、そこら中に転がる石には躓かないように注意しないといけない。

「昔は先祖様たちも地面を片づけていたらしいんだけどよ。どれだけ片づけてもすぐに上から崩れてくるせいで、今ではよほど邪魔な岩でも落ちてこない限り放置してるのさ」

　タッシュの説明を聞いて僕は納得する。

　それと同時に、渓谷の上から岩が落ちてくることがあると聞いて、慌てて上を見上げた。

　遙か上方に小さく空が見えた。

　この大渓谷がいかに深いかを感じさせる光景である。

とてもではないが、あれほどの狭い隙間からでは光がこんな地の底に届くことはないはずだ。

　改めて、光石の恩恵は大きいのだと思った。

　タッシュによると、この地の光石は大渓谷の底に沈殿している膨大な魔力のおかげで、ドワーフが補充せずとも輝きを失わないらしい。

　ただその魔力溜まりのせいで、魔獣が生まれたり寄ってきたりするらしいので痛し痒しではあるそうなのだが。

「まぁ俺たちドワーフ族は頑丈だし土魔法が使えるからな。湧いてくるやつは弱いからすぐに退治できるし、上から下りてくるような中途半端に力を持った奴らは、ご先祖様が襲ってくる度に返り討ちにしていたら、そのうち寄ってこなくなったらしいぜ」

　ここまでの道中で魔物がドワーフたちを避けていたのは見たが、実際に彼らが戦っているところは見たことがない。

　いや、一度だけ試験農園の魔植物と戦っているのは見たことがあるが、あの時は仲間が魔植物に捕らわれていたせいで彼らも本気を出してはいなかったように感じる。

　本来なら土魔法と戦斧でジェイソンたちは貫かれるか真っ二つにされていてもおかしくなかったはずだ。

「それによ、あいつら主様の魔素を餌にしてるくせに主様に近寄ろうとはしねぇんだ。まあ、力の差を考えれば当然だけどよ」

「ドワーフ族って主様……そんなに強力なドラゴンがいるこの場所によく村を作ろうとしましたね。この村のご先祖様たちって怖いもの知らずすぎませんか？」

「仕方ねぇだろ。それがドワーフ族ってもんだ。素材の山が目の前にあったら周りなんて気にしてられねぇ」

つまり、ドラゴンの目の前にドワーフ好みの素材が大量にあったから、彼らの先祖は危険を顧みずに村を作ったと。

命知らずというかなんというか。

しかしだからこそ、ドワーフはひっそりと暮らしていた主様とも仲良くなれたのだろう。

そう考えれば、悪いことではない。

「もしかしてそのドラゴンも寂しかったのかな」

僕は誰にも聞こえない声でそう呟いてから、いつの間にやらかなり先に進んでいってしまったエンティア先生を追いかけるために足を速めた。

「素晴らしい！　一軒一軒が芸術作品と言っても過言じゃありませんよこれは！」

エンティア先生はかなり興奮気味にあっちこっちへ走り回り、時々立ち止まっては持ってきていたノートにスケッチをしている。

彼女の横には、スタブルが嫌な顔も見せずついていた。時折、エンティア先生の質問に答えている様子だ。

僕も気になる建物を見つけては、立ち止まって観察する。

そんなことを繰り返しているうちに、エンティア先生どころかタッシュにも先に行かれてしまっていた。

慌ててタッシュのところに合流すると、彼の肩にはいつの間にかシーヴァが登っていた。退屈なのか、大きなあくびを繰り返している。

「遅いぞ坊ちゃん」

『待ちくたびれたのじゃ』

「ごめん、ちょっと見とれてて」

「建物はどれも素晴らしいだろ？　だが、村全体の景観はいまいちだ」

タッシュは自嘲気味に笑う。

ドワーフの村の建物は、一軒一軒を見ると素晴らしい。

だが、あまりに制作者の個性が強すぎて、町並みの景観は確かにまったく調和が取れていなかった。

そのせいで、どこか雑多で歪な印象を与えてしまうことは否定できない。

「どうしてもみんな好き放題作っちまうからよ。全体的な美しさなら人間族の町や村の方が上になっちまう」

「僕もこの村に来るまで、王都や町を設計をした人たちのことを甘く見ていたとわかりました よ」

「まぁ、そういう奴らはほとんど表には出てこねぇからしょうがねぇ。それに元来ドワーフ族ってのはそういう部分が苦手なんだよ。でもよ……」

タッシュは自分の村を見渡してから僕の方に顔を戻すと、表情を少し緩ませた。

「おやっさんの息子がそれを変えてくれるんじゃねぇかって俺は期待してんのよ」

「ルゴスがですか？」

「おうよ。あいつはハーフドワーフだけどよ。人族の都にまで行って、ドワーフ族にはないそういった知識を学んできたんだろ？」

「ええ、まぁ。彼は王都でも名の知れた建築家でしたから」

「あいつがいつかこの村に帰ってきてくれたらよぉ。この村にもそれなりに調和の取れた景観ってやつを表現できるんじゃないかって期待してるわけだ」

「それは素晴らしい考えだと思いますけど」

目を輝かせるタッシュに対し、僕は言葉を続ける。

「彼には僕の補佐としてこれから作る町や村を任せるつもりですから。勧誘するのはその全てが終わってからでお願いしますね」

僕の言葉にタッシュは一瞬驚いたような表情を見せたあと、豪快に笑って背中をバンバン叩いてきた。

力加減はしてくれているのだろうが、元々強力なドワーフ族の平手はかなりのダメージを僕に与える。

「安心しな坊ちゃん。何も今すぐルゴス坊やをお前さんから引き離すなんてこたぁしねぇさ」

「げほっ……そう言ってもらえると安心します」

『大丈夫かシアン。苦しそうじゃな』

シーヴァがタッシュの肩の上から声をかけてくる。

『まったく、人族というものは貧弱すぎて、我も無駄に心配してしまうぞ』

言葉と裏腹に、その声にはまったく心配の気配は感じられない。

そして顔が少しにやけている気がする。

犬顔なので、あくまで気がするだけだが、シーヴァは苦しんでいる僕を見て愉快に思っているに違いない。

その顔を見返しながら僕は密かに心に誓った。

これから会う大渓谷の主様から、シーヴァの黒歴史を聞き出してやろうと。

それからしばらく歩き、僕はタッシュに尋ねる。

「それにしても、人……というかドワーフ族の方たちはどこにいるんです？」

現在、僕たちは奇抜なデザインの建物が左右に並ぶ大通りのような道を歩いている。

だが、ここでも誰一人見当たらないのだ。

上から村の全景を眺めた時には数人ほど人影が見えた気がしたのだが、今はその姿すらない。

ゴーストタウンに迷い込んだかのようで少し気味が悪い。

「それはな、この時間帯だと大人たちは採掘場に行っている時間だからじゃねーかな」

「採掘場ですか」

「おうよ。さっき坊ちゃんが上から見たのは採掘場へ向かう奴らだ」

「それにしても村人全員が採掘しに行くんですか？」

「気合いの入った奴らだと、もう村じゃなくて採掘場に家を建てて住んでたりするからな」

採掘場に住む。

なんというか、ドワーフらしいと言えばドワーフらしい。

「村長にでも挨拶しとくかって思ったんだが、この調子だとどうせいねぇからあと回しにするか。坊ちゃんを採掘場に連れていくのは危険だしな」

「危険なんですか？」

「俺たちドワーフ族くらい頑丈だったら問題ねぇが、採掘の振動で色々なものが上から落ちてきたりするんだよ」

タッシュは自分の頭をポンポンと叩きながらそう答える。

ゴンドラの周りにも大量に石が転がっていたが、それの比ではないほどの大きさと数が落ちてくるらしい。

「そういうわけだから村長への挨拶はあとにして、とりあえず先に主様に会いにいくかい？」

タッシュが軽く聞いてきた。

まるで近所のおばちゃんにでも会っていくかと言うような口調だ。

「村長さんも採掘場に行くんですか？」

「もちろん。今は坑道の中じゃねぇかな。あの爺さん、年寄りだから朝早くてな、誰よりも先に坑道に行って掘り始めるんだよ。他の奴らを待つにしても昼過ぎまで帰ってこねぇだろうし」

僕の中の村長という者に対するイメージと、先頭を切って坑道で鉱石を採掘している人物像が結びつかない。

そういえばゴーティだけでなく、ビアードさんも確か村長候補だったっけ。

現在の村長がどんなドワーフなのかは知らないけど、仮にビアードさんと同じ系統の人物だとすれば、率先して採掘に出かけていてもおかしくはないのかも。

「無人の村で待っていても寂しいですし、それじゃあ主様のところへ案内してくれますか」

「おぅ任せとけ。たぶん村のガキ共もそこにいるはずだから少しは賑やかなはずだぜ」

ルゴスもそのドラゴンに子供の頃遊んでもらっていたと言っていた。

そしてシーヴァも幼い頃に助けられて育ててもらったと。

「子供好きなドラゴンなのかな？」

今度はタッシュの頭の上に乗って、大あくびをしているシーヴァを見ながら僕はそう考える。

凶悪な姿をしたドラゴンが、小さな子供たちの世話をしている姿は、なかなか想像しにくいけれど。

「おーい、スタブル！　これからみんなで主様のところへ行くぞー」

僕たちから離れ、エンティア先生と二人でドワーフの村をあっちこっち歩き回っているスタブルに、タッシュが大きな声で手を振って声をかける。

二人はこちらに気がつき、走り寄ってくる。

「すみませんシアン様。何せこの村の建物はどれもこれも今まで見たことも聞いたこともない技法で建てられていまして、つい興味が……」

エンティア先生は息を切らせながら頭を下げた。

自分の興味があることを目の前にすると、周りが見えなくなるのが彼女の悪い癖だ。

だけど、だからこそエンティア先生は僕の知らない知識をたくさん持っている。

その知識に助けられることは、これからも数多くあるだろう。

「僕もこの村の建物については色々と気になるから、気持ちはわかるけどね」

「そうですよね！　この村の建物はどれもこれも素晴らしいんですよ。たとえばあそこの――」

「ちょ、ちょっとまって先生。その話はあとにしようよ」

子供のように目をきらめかせ、早口でまくし立てるエンティア先生を片手を上げて制止する。

「とりあえず村の人たちは今出かけているらしくてね。どうしようかって話をした結果、先にドラゴンのところへ行くことになったんだよ。一緒に行くでしょ？」

「もちろんです。ドワーフの方々の話を聞く限り、いきなり襲われることはないとは思いますが、それでも十分注意してくださいね。もし怒らせでもしたら無事に帰れなくなるかもしれません」

「ああ、わかっているよ。僕たち人族はかなり恨まれている可能性もあるからね」

例の大渓谷開発作戦で、王国の開発部隊がどれほどの迷惑をかけたのかわからないが、その行いが主様の怒りを買ったことは間違いないのだ。

念願の大渓谷を訪れることができたことに少し浮かれていて、そのことを忘れるところだった。

やはりエンティア先生は頼りになるなと考えつつ、僕は気を引き締め直す。

「シアン様に何かあったらラファムやバトレルになんて言われるかわかったもんじゃありませんからね。まぁ、ドラゴンを怒らせてしまったとしたら、その時はシアン様だけじゃなく私もこの世から消えてるとは思いますけど」

そう言って小さく笑うエンティア先生。

もしかして少し緊張してしまった僕の心を和まそうとしてくれているのだろうか。

彼女は兄上の不況を買って僕と一緒にエリモス領へ追放された。

こういう優しさを兄上がもし知っていたなら、兄上の教師をやめさせられることはなかったかもしれない。

だけど、結果的にそのおかげで僕がエンティア先生を家臣に持てたのだからよかったと思う。

「最悪、タッシュさんたちが間に入ってもらえれば大丈夫だと思うけど。まぁ、無茶をせず慎重に交渉することにするよ」

「それがよろしいかと」

僕らが立ち止まって話をしていると、いつの間にか先に進んでしまっていたタッシュから呼び声がかかった。

「おーい、坊ちゃんと先生よぉ。早く来ねぇと置いてっちまうぞ」

「は、はい。今行きます」

慌てて返事を返した僕は、エンティア先生と二人で先を行く彼らを追いかける。

体力的にも若さ的にも僕は余裕なのだが、どうしてもエンティア先生の足は遅れ気味になってしまう。

元気そうに見えて実は病み上がりである。

しかも色々と無茶をしたせいか、体中が筋肉痛になっているらしい。

ということで先にタッシュのもとにたどり着いた僕は、彼に一つお願いをすることにした。

「ん？　お安い御用だ。スタブル頼むわ」

タッシュの言葉に無言で頷くスタブル。

そんな僕たちの前にフラフラした足取りでエンティア先生がやってくる。

「はぁはぁはぁ、やっと追いつきました。シアン様、足が速すぎます――きゃぁあっ」

息を切らしながら走ってきたエンティア先生。

疲れ果てた顔で、その場に座り込みそうになった彼女の肩をスタブルががっしりと掴む。

そして——

「先生が病み上がりだってこと、坊ちゃんに言われるまですっかり忘れてたぜ。ここからはスタブルに運んでもらうから休んでな」

「ええっ、いやそれはありがたいのですが。それにしてもこの格好は」

「それが一番運びやすいし、何より先生にとっても楽だろ？　まぁ少し揺れるかもしれんが我慢してくれ」

今、エンティア先生はスタブルの両手で脇と膝裏(ひざうら)を抱えられた格好になっている。

それはまるで愛(いとお)しい人を抱えるかのように。

いわゆるお姫様抱(だ)っこというやつだ。

「ぷっ」

「今笑いましたねシアン様！　やっぱり下ろしてください！　自分で歩けます」

エンティア先生がスタブルの腕の中で暴れた。

だが、屈強(くっきょう)な彼の腕はそんなことではびくともしない。

「先生、そんなに暴れると落ちちまうぞ」

「で、ですけどっ」

「ぷっ……それじゃあ……ぷふっ……行きましょう皆さん」

僕は必死に笑いをこらえながらそう宣言して歩きだす。

後ろからタッシュ、スタブル。

そしてスタブルにお姫様抱っこされるエンティア先生が続く。その表情には諦め(あきら)が浮かんでいた。

「坊ちゃんよぉ。前に立って歩くのはいいけどよ、主様がいる場所は知ってんのかい？」

先頭を歩く僕に、タッシュが後ろから声をかけてきた。

僕は振り返り、前方に見えるそれを指し示しながら答える。

「そりゃあ、あんなに立派な建物がここからでもはっきり見えますからね。あそこ以外ないでしょう？」

僕の指さす先。

そこには巨大な建造物がそびえていた。

村をやや外れたところに見えるそれは、ゴンドラで下りてくる途中からずっと気になっていた建物だ。

「まぁそりゃ気がつくか。あれが主様の神殿だ」

障害物が少ないおかげでかなり遠くからでも見えるその建物は、今まで僕が見てきたデゼルトや王都の建物とはまるで違う形をしていた。

また、その建物はドワーフの村にある他の建物とも建材からして違っているように見える。

「もしかしてあの神殿は木造ですか？」

「ご名答。俺たちドワーフ族にとっても、木造の巨大建築物なんてもんは初めてだったから、爺さんの更に爺さんの代からコツコツ研究を重ねて、ずっと作ってんだ」

「ずっと作ってる？　もしかして、あれでもまだ……」

「おうよ。まだあの神殿は建築中でな、正直俺らの代でも完成しねぇだろうってみんな思ってる。なんせ新しい技法を誰かが思いつく度に色々なところを作り直してるからよ」

　木造建築の家自体は王都や今の領地にもある。

　領主館も内装や外の小屋などは木造であるのだが、これほどの大きさの木造建築物など今まで見たことはなかった。

「しかしあれだけの建物を作る材料は一体どこから持ってきたんでしょうか」

　見渡す限り、大渓谷の底には大きな森どころか高い樹木すら見当たらない。

　もしかして、元々存在した森を全て材料にしてしまったとか？

　いや、大渓谷の底に木材になるような木が育つとはとてもではないけど思えない。

「そりゃエルフ共が持ってきたんだよ。上の森からな。あいつら風魔法が使えるからよ。伐採した木を時々主様に供えに来るんだわ」

「エルフ族も主様のところに来るんですか？」

「俺たちがここに住み着くより前から主様を崇めてたって聞いてる。エルフにとっては神みたいな存在なんだとさ」

エルフ族は時々森で採った様々なものを供えに来るらしい。

ただ、お供えは日も周期もバラバラなのだとか。

エルフ族とは一度会って話をしてみたい。

「次にエルフ族が来るのはいつかわかります？」

「さぁな。あいつらは突然やってきて、主様に捧げ物を持って来て少しだけ話したらすぐに上に戻っちまうんだよ。偶然今日明日くらいにやってきたら会えるかもしんねぇが」

ドワーフたちはエルフがやってくる日はわからないようだ。

やはり直接エルフの森に出向くのが一番早そうである。

「しかし材料はエルフの森の木ですか……それはまた」

偏見かもしれないが、森を大事にするというエルフがその森の木を切って提供するなんて信じられないでいる。

大エルフの件もあるので、僕が学んできたエルフに対する知識が全て正しいとは思えないが。

「エルフ族がそこまでするほど敬われている主様か……緊張しますね」

「そこまで気張んなくてもいいと思うがな。まぁ、坊ちゃんも主様に会えばわかんだろ。さて、行くぞ」

知らぬ間に立ち止まって神殿の話をしていた僕の背中を軽く叩き、タッシュは神殿に向けて歩きだす。気がついたらスタブルとエンティア先生も先行していた。

慌ててその背中を追うが、タッシュに追いついた時には、既に神殿の前までたどり着いてしまっていた。

やっぱりドワーフ族の足は見かけに反してかなり速い。

「見てくださいシアン様。さっきの村の建物も凄いと思いましたが、これはまたとんでもないですよ」

スタブルに抱えられていたエンティア先生が、僕が追いついてきたのに気がついて声を上げた。

それに関しては僕も同意だ。

遠くから見た時も不思議と心惹かれた建物だったが、実際それを目の前にすると、その壮大さと細工の細かさに驚かされる。

建物全体を大きく囲う塀も木造で、ところどころに門扉が設けられている。

今僕たちがいるのはその中でも一番大きな正門であった。

正門の扉は大きく開け放たれていた。

タッシュが言うには、門を作ったものの、主様の力を考えれば別に誰かの侵入を防ぐ必要がなかったために、時折動作チェックをする時以外はこのように開いたままなのだぞうな。

「ぼーっとしてねぇで中に入るぞ」

「あ、はい」

僕たちはタッシュを先頭に門を潜る。

門から建物までは石畳が続いていて、周りは小さな白い石が敷き詰められていた。

石畳は途中で何方向かに分かれていて、綺麗に整えられた庭園や、建物の裏などに続いているようだ。

「門も素晴らしいと思いましたが、庭はもっと素晴らしいですね。バランスよく配置された緑の木々と白い小石のコントラスト。その奥に見える池の配置もきっちり計算し尽くされているように思えます」

目をきらめかせながら熱く語りだしたエンティア先生。

だが彼女は今もまだスタブルにお姫様抱っこをされたままなので、親の腕の中で子供がはしゃいでいるようにしか見えない。

しばらく興奮気味に語っていたエンティア先生は、自分の格好を思い出したのか一つ咳払いをした。

「スタブルさん。もう神殿に到着しましたし、下ろしていただいてよろしいでしょうか」

スタブルはエンティア先生をゆっくり下ろし、彼女は丁寧に礼を告げた。

気を取り直したのか、エンティア先生はまた庭を見回しては「あれはなんですか？　これは？」とタッシュを質問攻めにし始める。

その一つ一つにタッシュは丁寧に返答していく。

「なるほど。左側は庭園になっていて、訪れた人が誰でも散策できるようになっていると。そして右側は……」

「右側か？　あっちは主様の要望でちょっと庭園とは趣向が変わった作りになっていてよ……って、ちょうどいいや」

タッシュが右側に続く石畳へ進路を変えた。

そして綺麗に整えられた道を少し進んだところで足を止め、こちらを振り返る。

「声がするな。どうやらガキ共は庭で遊んでるみてぇだ。だとするともしかしたら主様もそっちにいるかもしれねぇ」

門から屋敷に向かう通路から分かれ、右側に伸びた道の先。

美しく枝葉を切り揃えられた植物でできた垣根の向こうから、確かに子供たちの楽しそうな声が聞こえてきた。

ここからだと垣根が邪魔で見えないが、向こう側に子供たちが遊べるような広場か何かがあるのだろうか。

「せっかく神殿の中に行っても主様がいないんじゃ意味がねぇな。とりあえず一度様子を見に、子供広場の方へ行ってみた方がいいだろう」

右の方にあるのは子供広場という場所らしい。

道の先が垣根に遮られて見えなくなっているのは、左側の庭と趣が違うために目隠しをしているだけでなく、子供が飛び出してこないようにしているのかもしれない。

名前からして子供たちのために作られた場所だろうけど、それが大渓谷の主の神殿にあるなんて不思議な感じだ。

王都の人に大渓谷のドラゴンは子供好きだと伝えたらどんな反応をされるか……いや、言ったところで絶対に誰も信じてはくれないか。

「おっ、やっぱりこっちにいたな」

一足先に子供広場を覗いたタッシュがそう言って、そのまま奥の方へ歩いていく。

「主様、客人を連れてきたぜ」

僕らからはまだ見えないけれど、大渓谷の主様がそこにいるようだ。

「子供好きな方みたいですし、子供たちがいる場所で突然襲ってきたりはしませんよね？」

エンティア先生が耳打ちしてきた。

僕は少し考えてから頷く。

「今まで聞いてきた話だと優しいドラゴンみたいだし、こっちが怒らせるようなことをしなきゃ大丈夫だと思う。まぁ、念には念を入れて用心はしておいた方がいいだろうけど」

「……先に行く」

スタブルが僕たちの脇を通って、子供広場へ歩いていく。

ドワーフ族にとっては大渓谷の主がドラゴンであろうとなんだろうと、恐怖の対象ではないのだろう。

「じゃあ僕たちも行こうか」

「はい」

意を決した僕たちは、垣根の向こう側へ足を進める。

そして垣根の間を抜け、その先に目を向けた。

そこには広い芝生（しばふ）の広場と、いくつかの遊具のようなものが置かれていた。

確かに『子供広場』という名前にふさわしい場所だ。

広場には、まだ足元がおぼつかないくらいの幼児と、十歳ほどの二人の子供がいた。

子供たちは、初めて見る僕たちの姿に、少し不安そうな表情を浮かべている。

この子たちがドワーフの村の全ての子供なのだろうか。

たった三人。

それが今のドワーフ村にいる子供の数だとしたら、僕が思っていた以上にドワーフ族の繁殖力（はんしょくりょく）は弱いということだろう。

過疎が進んでいたデゼルトの町でも十人程度の子供がいる。

タッシュから少ないと聞いていたとはいえ、あのドワーフ村の規模でこの数しか子供がいないのは驚きである。

ルゴスのように外へ出ていった者がいるとしても、未だに五十人規模の村しか形成できていない理由が垣間見えた気がした。

タッシュは遅れてやってきた僕たちに気がつくと、警戒する子供たちの頭を撫でながら言う。

「お前たち、この二人は主様の客人で、とってもいい人たちだから心配しなくていいぞ」

僕は屈んでドワーフの子供と目線を合わせ、挨拶する。

「やぁ。初めまして」

「こいつはシアンっていう、上にある土地の領主様だ。んで、あっちがエンティア先生。とっても賢い先生なんだぞ」

「こんにちは、坊やたち」

とても賢い先生と言われたことに照れたのか、わずかに顔を赤らめながらエンティア先生も僕に続いて挨拶をした。

「こ、こんにちは」

すると三人の中で一番年長そうな男の子が、恐る恐るといった風に挨拶を返してくれる。

「はじめまして」

続いて女の子。

「こちゃ」

最後に一番小さな子が舌っ足らずな声で片手を上げてそう言った。

タッシュがその一番小さな子を抱き上げる。

「そういやお前とは俺もはじめましてだな。ディーヴァ、こいつの名前を教えてくれるか？」

ディーヴァと呼ばれた少年がタッシュの方を見て答える。

「そいつはダイヤ」

「そうか、ダイヤか。クラフのやつ、自分の子供にえらい立派な名前つけやがったな。しかし生まれたばかりだってのに、あいつらは早速子育てを主様に押しつけてんのか。仕方のない奴らだ」

「えっ、生まれたばかり？」

タッシュが抱き上げているその子は二歳くらいで、生まれたばかりとは思えない。

だけどタッシュはダイヤという子供とは初対面だと言っていた。

彼がデゼルトの町にいた期間はそんなに長いわけがない。

どういうことだろうと僕が疑問に思っていると、タッシュは何かに気がついたらしく豪快に笑ってから教えてくれた。

「ああ、坊ちゃんたちは知らねぇのか。俺たちドワーフ族は人族と違って、最初からこれくらいまで成長した状態で生まれてくるんだよ」

そう言って、タッシュはダイヤを高く持ち上げる。

キャッキャと笑うダイヤは、やはり生まれて間もないようには見えなかった。

「初めて知りましたよ」

王国の資料にもそんなことはまったく書かれていなかった。

まぁ、王都の大図書館の資料が当てにならないというのはもはや今更といった話ではあるが。

「あそこにいる二人も、もう少ししたら立派な髭も生えてくるんだぜ」

タッシュが顎で指し示したのは、僕たちへの興味が失せたのか、広場の遊具での遊びを再開した二人の子供だった。

人間で言えば十歳に満たない外見の二人が、実際に何歳なのかはわからない。

そんな子供の顔に、もうすぐ髭が生えるなんて。

しかも片方は女の子だというのに。

僕がその子供たちの顔を見ていると……

「タッシュ。そろそろ我に客人を紹介してはもらえぬか？」

突然タッシュの背後から女性の声が聞こえた。

「おぅ、すっかり忘れてたぜ。おい坊ちゃん。早くこっちへ来な」

幼児を抱きかかえたままタッシュが横に移動する。

今まで彼の陰に隠れていて見えなかったが、建物の縁に一人の小柄な女性が座っていた。

彼女が先ほどの声の主に違いない。

そして、この女性こそが、大渓谷の主であるドラゴンなのだろう。

まさか人間に変身しているとは思わなかった。

魔獣が人の姿に化けるという話は、おとぎ話としてなら聞いたことはある。だが、それが実際にあるのだというのを今知った。

内心ではかなり驚いたが、これから交渉する相手に対してそういった表情を見せるのは失礼になると思い、顔には出さないようこらえる。

それから僕は姿勢を正すと、彼女の前に進み出て深く頭を垂れる。

後ろでエンティア先生も同じようにかしこまるのを気配で感じた。

僕はおもむろに口を開く。

「初めまして、大渓谷の主様。私はこの度、大渓谷に隣接するエリモス領の領主となりましたシアン＝バードライと申します」

そう言ったあとにゆっくりと頭を上げると、主様の優しげな瞳と視線が交差した。

深い。

とても深く黒いその瞳に、僕は吸い込まれそうになる。

目の前にいるのは少女の格好をしているが少女ではない。

確かに大渓谷の主、伝説のドラゴンなのだ。

彼女は僕をしばし見つめたあと、ふっと笑みを浮かべ、僕に向けて片手を差し出しこう告げた。

「いらっしゃい。よく来たね、砂漠の国の王……いや、再創造する者よ(ザ・リクリエイター)」

と。

第三章　創造と再創造と大渓谷の主と

優しい笑みを浮かべている。

長く艶のある黒髪と、見たこともない不思議な衣装。

薄く朱の差した唇でそう僕に話しかける美しい少女——いや少女のようでいて、大人の女性のような、そんな不思議な雰囲気をまとう人物。

彼女こそが大渓谷の主。

その正体は伝説の魔獣、ドラゴン。

僕は実物のドラゴンなんて見たことがない。

書物や絵画や人づてに聞いた話でしか知らないのだけれど、恐怖の象徴であるドラゴンは、大体において醜悪な見た目だと伝えられていた。

そんなドラゴンの姿と、目の前の彼女がどうしても結びつかないのだ。

今の彼女は人間に変身しているのだからそう思うのだ、と言われれば確かにそれまでなのだが、醸し出される雰囲気や気品は、彼女が本来持っているものだと感じる。

つまりはいつもの通り、僕が王国で学んで得てきた知識には大きな間違いがあったに違いない。

　そう結論づけて僕の思考は次の疑問へと移る。

　先ほど彼女は僕のことをなんて呼んだ?

「砂漠の国の王?　再創造する者（ザ・リクリエイター）?　僕はそんな大層なものではなく、しがない辺境（へんきょう）の弱小領主です。王などと名乗ったことはありません」

　王国から見捨てられた領地の領主であって、王ではない。

　あくまでも僕は王国に数多くいる領主の一人でしかない。

　そしてもう一つの言葉。

　再創造する者（ザ・リクリエイター）とはなんなのだろうか。

　大渓谷の主様は軽く首を傾げて言う。

「ふむ。どうやらお主には自覚はないようじゃの」

「自覚も何も、僕は……」

「ああ、そういうのはよい。なるほどのう。お主はあの神託を受けた者の一人と女神から聞いておったのじゃが、どうやら全てを話すにはまだ早いと女神の奴が判断したのじゃろうな」

「主様……あなたは一体何——」

「主様か」

僕の言葉を遮るように彼女が言葉を被せてきた。

そして少し寂しそうな表情で、僕の目を見ながら口を開く。

「我にもちゃんとした名前があるのだがな」

「そうなのですか？」

「この地の奴らは何度名前を教えても我のことを名前ではなく主様と呼びよる。しかも未だにドラゴンだと思われているのも腹が立つ」

この地の者たちか。

神殿の形式といい、彼女の見たことのない不思議な服装といい、もしかしたら彼女は元々ここことは違う場所に住んでいた、異邦の存在なのだろうか。

それと、彼女は『ドラゴンだと思われているのも腹が立つ』と言った。

つまり、彼女の正体はドラゴンではないということか？。

では何者なのだろうか。

僕の疑問を読み取ったのか、主様は自分のことについて話し始める。

「我は遙か東方の地で生まれた龍人の一人である」

彼女は麗しい口元を、いつの間にか取り出していた扇で隠しながら言った。

龍人という種族名は、僕にとって初めて聞くものだ。獣人みたいなものだろうか。

「龍人……そもそも、龍とはなんでしょうか？」

「遙か東方の国々で生きておった種族の名じゃ」

遙か東方の国々。

そういえば昔聞いたことがある。

王国のあるこの大陸から海を越えた先に、まったく文化の違う人々が住まう地があると。

「今のところはそうじゃな……東方において神に一番近い力を持つ種族とだけ覚えておいてくれればいい。少し疲れるがあとで我の真の姿を少しだけ見せてやろう」

「真の姿というのは、大渓谷を守るために姿を現したというドラゴンの姿ではないのですか？」

「それは仮初めの姿じゃ。我はお主たち人族の深層心理に刻み込まれている『一番恐怖を感じるもの』を読み取り、その姿を借り受けたのじゃ」

王国の人々の間でずっと語り継がれている恐怖の対象。

それは確かにドラゴンに違いない。

建国の時に払った多大な犠牲と、そのあとに残されたという呪い。

様々な災厄を振りまくドラゴンの話は、王国民なら誰もが幼い頃から聞かされ、心に刻み込まれてきたものだ。

「我としてはあのような醜悪な蜥蜴の姿には、仮初めとはいえどもう二度となりたくはないがな」

大渓谷の主である龍人にとっては、人々の恐怖の対象のドラゴンですら蜥蜴扱いである。

美しい女性のようでありながら、その真の力は一体どれほどのものなのか。

「とりあえずこんなところで長話もなんじゃ。あとのことは屋敷の中で話そうかのう」

主様は僕たちの後ろで子供たちを遊ばせていたタッシュに声をかける。

「タッシュ、彼らを中へ案内せい。それとスタブルは子供たちの世話を頼む」

「あいよ。スタブル、子供たちを頼む」

「……」

スタブルは無言のまま頷くとタッシュが抱きかかえていたダイヤを受け取り、他の二人の子供を連れ、遊具の方へ向かっていった。

「それじゃ正面玄関に行くぜ。坊ちゃん、先生」

タッシュは威勢よく僕たちに声をかけ、元来た道を戻っていく。

僕とエンティア先生が慌てて一礼して立ち上がると、主様は軽く手を振った。

「それではあとでな」

主様は足首も見えないほどの長いドレスのような服を揺らして、建物の中へ消えていった。

あとでタッシュに聞いたのだが、主様が着ていたのは『着物』という東方の服らしい。

その衣装は、彼女の神秘性を際立たせる要因の一つとなっている。きっと東方の国では由緒正しい装束なのだろう。

主様が消えていった部屋の奥を見ていると、タッシュの声が聞こえてきた。

「おーい、坊ちゃん、先生、置いてくぞ」

「今行きますって」

慌てて僕たちは駆けだす。

僕はこれからあの方に、ここまでやってきた目的を話さねばならない。

そして水源を取り戻すための交渉が始まるわけだ。

今見た小柄な美しい少女の姿は、主様の真なる姿ではないという。

そして王国の記録に残っているような凶悪なドラゴンでもないらしい。

ならば一体真の姿はどんなものなのだろうか。

彼女の口ぶりからすると、龍人というのはドラゴンなど鼻で笑い飛ばせるほどの種族だと思われる。

それほどの力を持つ者の真の姿を見て、僕は正気を保っていられるのだろうか。

それと彼女は僕が女神様から神託を受けたことを知っていた。

驚いたのはそのことだけではない。

彼女は確かに口にしたのだ。

『あの神託を受けた者の一人』と。

それはつまり、僕以外にも女神様から同じ神託を受けた人がいるということを示しているのではなかろうか。

王国に残る記録では、同時期に女神様からの神託を複数人が受けたという例はあまりない。

そのためてっきり、女神様からの神託は僕だけが受けたのだと思い込んでいたのだが……

神託について以外でも、主様はおかしなことを言っていた。

彼女が僕に告げた『砂漠の国の王』と『再創造する者(ザ・リクリエイター)』とは一体なんなのか。

『砂漠の国の王』については、ただ単に僕がエリモス領の領主だという意味だと解釈(かいしゃく)できる。

しかし『再創造する者(ザ・リクリエイター)』という言葉についてはまったくの謎だ。

僕が大渓谷に来た目的はただ一つ。

領地へ繋がる水の流れを、主様に開放してもらうこと。

それだけだったはずなのに、わずかな邂逅(かいこう)の間に聞きたいことがたくさん増えてしまった。

神に近い力を持つ種族——龍人とは一体なんなのだろうか。

「神殿の中に入る前に先に言っておくことがある」

あれこれ思案していると、玄関の開き戸を開けて先に中に入ったタッシュが振り返って、真面目な顔で口を開いた。

今まで彼のこんな真剣な表情は見たことがない。

僕らは気を引き締め、彼の言葉の続きを待った。

「いいか。ここから先は靴を脱いで、上履きに履き替えて中に入れ。決してそのまま上がるんじゃねぇぞ。土くれを廊下や部屋に落とそうもんなら主様が激怒するからな」

「は？」

「俺もガキん頃、それで何度も怒られてゲンコツを食らったからよ」

なんだ、そんなことか。

いつになく真剣な表情を見せるから、一体何を言われるのかと身構えていた僕らは一気に脱力する。

珍しい風習だとは思うが、王国内でも建物の中では室内用の履き物に変えるというしきたりが、一般的ではないものの存在するのだ。

それと同じようなものだろう。

「綺麗好きなんだよあの人は。掃除も誰かに任せずに全部自分でやるんだぜ」

「主様が自分でですか？」

「まぁ俺たちもたまに手伝うけどよ。俺たちの掃除の仕方は雑だって言われてな」

神のごとき力を持つらしい人物が、自らの住居であるとはいえ自分の手で掃除している。先ほど会った美しく気品のある主様が掃除道具を手にしている姿は想像できない。

「それとよ。こっちはゲンコツだけじゃすまねぇ話なんだけどよ」

混乱しつつ玄関に入って靴を脱ごうとしていると、タッシュが続けて先ほどより更に真剣な表情で語りだす。

「主様の首に光ってる鱗は絶対に触るんじゃねぇぞ。絶対にだ。フリじゃねぇからな」

「鱗ですか？　先ほど会った時には見えませんでしたけど、そんなものありましたっけ？」

「普段は見えねぇようにしてるらしいんだがよ。主様が興奮するとぼわっと一部分だけ光りだすんだよ」

タッシュは何かを思い出したのか、身を震わせながら更に念を押してくる。

「いいか。絶対に気になっても触るんじゃねぇぞ」

この怖いもの知らずなタッシュをここまで怯えさせるようなこととはなんなのだろうか。

「特に先生！」

タッシュはエンティア先生に指を突きつけた。

「私ですか？」

「そうだよ。気になるからって研究しようとか絶対するんじゃねぇぞ」

「もしその部分に触ってしまったらどうなるんですか？」

僕は用意されていた上履きに履き替えながらそう尋ねる。

「最悪、この大渓谷全部がぶっ壊れる」

「ええっ⁉　いやいや、そんな馬鹿な」

「実際に昔一度壊れかけたって婆ちゃんから聞いたことがあるんだよ……それによ、俺もガキん頃に触っちまったことがあってよ」

タッシュの顔が言葉と共に青ざめていくのを見て、彼が冗談で言っているわけではないことを悟る。

だがエンティア先生はその話に興味を惹かれたらしく、タッシュに話の続きをせがんだ。

「それでどうなったんです？」

「本当は思い出したくもねぇんだが、きちんと言っとかなきゃ先生ならやりかねんから忠告しとくぜ」

タッシュは一度深呼吸してから口を開く。

「あの時は神殿の半分が吹っ飛んだ」

「この巨大な建物の半分がですか。それは興味深い」

「興味深くねぇ！　あの時は死ぬかと思ったし、あとでめちゃくちゃ主様に怒られたしよぉ」

言われてみればこの神殿はかなり長い年月をかけて作っていると聞いたのに、ところどころ真新しい場所がある。

　今まではタッシュが言っていたように、ドワーフたちが思い思いに新しいことを思いつく度に増設していった部分なのかと思っていたのだけれど。

「元の状態まで修復するのにドワーフ族全員で数年かかっちまったんだよ。爺さんたちは腕が振るえる場所ができたって喜んでたがな。俺はもう二度とあんなことはごめんだ」

「わかりました。我慢します」

「本当に我慢してくれよな先生。アンタは自分の興味のあることを目の前にすると理性がふっとぶからよ」

「大丈夫ですよ。さすがに私も自分の命だけならともかく、シアン様を巻き込んでまで危険なことをしようなんて思いませんから」

「頼むぜっと……いつまでも長話してたら主様を待たせちまうな、案内するから着いてきてくれ」

　タッシュはそれだけ言い残すと、長く幅広い造りの廊下を早足で奥に向かって歩いていく。

　僕とエンティア先生はお互いに顔を見合わせると「絶対に触らないようにしよう」と頷き合ってから彼のあとを追った。

　長い廊下をかなり進んだ神殿の奥。

僕たちが通された場所は、意外にも二人がけソファーが机を挟んで二つ並んでいるだけの小さな応接間だった。

しかも、ここまで建物の中を歩いて来る間に覗いた他の部屋は、僕らの知るものと違い、ソファーも普通の椅子もなく、中央に低めの机が置かれているだけに見えた。

東方の建物ではそれが当たり前なのだと思っていたのだが、タッシュに案内されてたどり着いたこの部屋の内装は、いつも僕らが暮らしているようなものであった。

もしかすると僕たちのような客のために作られた部屋なのかもしれない。

「とりあえずそこの椅子にでも座って待っててくれ。主様はたぶんそのうち来るからよ」

「曖昧ですね」

「主様は歩くのが遅せぇんだよ」

確かにあの服装は少し歩きにくそうではあったが、そこまでかと僕が思っていると、入り口に立ったままだったタッシュの背後から「おや、我の何が遅いのじゃ?」という声が聞こえた。

タッシュが慌ててその場をどくと、彼の後ろに先ほど子供広場で会った時と変わらない美しい女性――主様が現れた。

言われなければ彼女の正体が国で今も恐れられている大渓谷の主であるとは誰も思うまい。

「後ろにいるならいると言ってくれよ主様。でもあそこの縁側からだったら俺らより先に着いていると思ってたんだが、遅かったな」

「やんちゃ坊主を一人捕まえに行ってから来たのでな。客人を待たせるつもりはなかったのだが、なんせこやつが無駄に逃げおるから」

そう言って彼女は右手にぶら下げていたソレを前に突き出し、僕たちに見せつけた。

首根っこを捕まれてぶらぶらと主様の手の下で揺れていたのは――

「シーヴァ⁉」

神殿に着く直前だったか。

この場所が懐かしいから久々に見て回りたいと先に飛んでいったまま、それ以降戻ってこなかったシーヴァだが、どうやら主様に見つからないように隠れていたらしい。

「こやつ、久々に我に会いに来たらしいのに隠れるとは何事かと思っての。まぁこやつの居場所なぞ、どこにいても我にはお見通しなのじゃが」

「ううぅっ……長い間顔を見せなんだから怒られると思って急に怖くなったのじゃ。もう逃げないから放してほしいのじゃ」

シーヴァは念話を使わず、普通に声に出して話した。

デゼルトでもそうしてくれればいいのに、頑なに念話でしか会話しないんだよな。何か理由でもあるのだろうか。

それにしてもシーヴァのあの口調。

主様と話をしている時から薄々思っていたが、こうして改めてシーヴァの言葉を聞くとやはりそうだったかと確信する。

シーヴァの口調は主様の真似だったのか。

幼い頃に主様に拾われて育てられたことで、彼女の口調がそのままうつってしまったに違いない。

「放してやってもいいが、ちゃんと我に昔のようにお願いするのじゃぞ」

「ううっ……ううっ……それは恥ずかしいのじゃ。せめてみんなのいないところでお願いしたいのじゃあ」

「逃げた罰じゃ。今ここで言わねば今日はもう一日中お主を放さぬぞ。ふふっ、久々じゃからお主から聞きたいこともたくさんあるしのう」

シーヴァをぎゅっと抱きしめ、頭を撫でる主様の姿は、母親というよりは普通の少女のように見える。

先ほど縁側で見せた雰囲気と違うように見えるのは、やはりシーヴァが彼女にとって特別な存在だからなのかもしれない。

「わ、わかったのじゃ……母上、ずっと帰ってこなくてごめんなさいなのじゃ」

シーヴァは主様の手の中で頭を窮屈そうに下げるように動かしそう言うと、主様の顔を

ペロリと一舐めした。

どうやらそれが主様とシーヴァの間の流儀らしい。

「久々に母上と呼ばれたのう。他の子たちは『主様』はまだいい方で、酷い悪ガキだと『ババア』だの『おばちゃん』だの言われたこともあったかのう。なぁタッシュよ」

主様は床にシーヴァを下ろすと、意地悪そうな表情を浮かべて横に立つタッシュを見上げる。

大渓谷の主様に対して、そんな無礼を働いていたうちの一人は、どうやら彼だったらしい。

驚きの表情で見つめる僕とエンティア先生の視線をよそに、当のタッシュは何食わぬ顔で「そんな昔のことは覚えてませんなぁ」と、いつものがっはっは笑いで返していた。

「まぁいい。それもこれも全て許していたのは我じゃからな。とはいえ少し甘やかしすぎたと反省はしておる。やはり再教育しなければいかんかのう」

「さ、再教育とか勘弁してくれよ主様」

顔を青ざめさせるタッシュに、主様は「冗談じゃ、冗談」と笑いかけた。

それから主様は、着物に付着したシーヴァの毛を丁寧に取ってから目の前までやってくる。

彼女が現れてから直立不動で様子をうかがっていた僕たち二人は、もう一度頭を下げた。

「改めまして。先ほども挨拶させていただきましたが、ぼ……私はシアン＝バードライ。この大渓谷の外にある領地を治めさせていただいている者でございます」

「私はその従者の一人。エンティアと申します。学者を生業としておりまして、この度はシアン様に同行し、共にお目通りをさせていただきました」

最近使うことのなかった貴族としての言葉使いに苦心しつつもう一度自己紹介をする。

「そう固くならずともいい。シアン坊ちゃんはいつも通り『僕』でよいぞよ」

彼女はそう言って軽く笑うと、僕らの対面のソファーに優雅な所作で腰かけた。

そしてその横にシーヴァが座る。逃げるとロクなことにならないと気がついたらしい。

僕らもゆっくりと腰を下ろすと、主様は横に座るシーヴァの背を撫でながら口を開く。

「この部屋の様子に驚いていたようじゃの」

「ええ、他の部屋と比べて、この部屋だけまったく別の造りだったので」

「そうじゃろそうじゃろ。この部屋はのう、希にやってくる外からの客人のために特別に作った部屋なのじゃ」

「希に……ですか？　もしかして僕たち以外にも人族がここを訪れたことが？」

「何度かあるぞ」

人族は誰一人として大渓谷の底へはたどり着いていない。

ずっとそう思っていたし、書物にもそう書かれていた。

それなのに彼女が言うには、既に人族がこの地にやってきたことがあるそうだ。

しかも何度もだ。

人族で初めて大渓谷の底にたどり着いた者という夢を抱いていた僕にはショックな話だった。

やはり王国の書物は嘘だらけで役に立たない。

「もちろん人族だけが客人ではないがの」

主様はそう言ったあと、さらなる大きな爆弾を投下した。

「我がこの大渓谷を作ってしまってからもう随分と経つからのう。その間に様々な種族がやってきたもんじゃ」

……なんだって？

大渓谷を、作った？

僕とエンティア先生の二人の顔は、さぞかし間の抜けた表情をしていたのだろう。

対面に座った主様だけでなく、その横で気持ちよさそうに撫でられていたシーヴァもこちらを見て笑い出しそうになっている。

「ははは、すまんな。いつもこの話をするとみんな驚いてくれるから面白くてのう。我の持ちネタの一つとして使わせてもらっておるのじゃ」

「ぷぷっ、今のシアンと先生の顔といったら――ぷぷっ。いつもこの話を聞いた奴らは同じ顔するから面白いのじゃ」

器用に二本の前足で口元を押さえながら笑うシーヴァと、優雅に微笑んで楽しそうにしている主様。

やはりこの二人は血は繋がっていないが親子である。

だがシーヴァくん。

あまり人のことを笑っていたら、帰ってからエンティア先生にまた何かされても、もう僕は止めないかもしれないぞ。

気を取り直し、僕は彼女に問いかける。

「聞き間違いでなければ、この大渓谷をあなたが作ったとおっしゃいましたか？」

「ああ、その通りじゃ」

この大陸を両断するように存在する大渓谷。

それがいつ、どのようにしてできたのかは謎であった。

一説には元々この大陸は別々の大陸で、それが移動してくっついた時にできた隙間だとか、逆に一つの大陸が地殻変動で二つに裂かれてできた亀裂だとか、様々な説が上がっている。

それがまさか魔獣によって作られたものだとは。

「あの頃の我はとある理由で暴走しておっての。その暴走を抑えるためにこの地までやってきたのじゃが、その結果こんな大渓谷を作ってしまったのじゃ」

主様は少し辛そうな表情で語る。

「特に今、砂漠になってしまっている地の民には悪いことをしてしまったと今でも悔いておる」

「それは一体どういうことなのでしょうか？　砂漠になっている地というのはエリモス領のことだと思うのですが、この大渓谷と何か関係が？」

エンティア先生が質問した。

「そうさな、それでは我がまだ東方の地で『神』と崇められていた頃の話からするかのう」

彼女はそう口にすると、横に座っていたシーヴァを持ち上げて膝の上に置いた。

そしてその頭を撫でながら、少しの時間を置いてから口を開く。

「その前に我の本当の名をそなたらに教えよう。我の真の名は『善如龍王』という。かつて東方の国で神と崇められた存在の一人じゃ」

「神……まさか」

「先ほど庭で語った通り、我ら龍人は真の神ではなく『神に近い力を持った種族』じゃがな。だが地を這う人々には神と龍人の区別はつかなかったのじゃろう。結果として我らは彼の地では神として長い間敬われておったのじゃ」

そこまで話して、彼女は一旦シーヴァを撫でる手を止めた。それから少しの間過去を懐かしむような表情を浮かべたあと、話を再開する。

それはこの大渓谷が生まれるまでの信じられない物語であった。

この大陸に王国が誕生する遙か以前。

彼女は東方の大陸とその近くに存在する島国を行き来しながら過ごしていた。

その頃の彼女たち龍人は、その地に住まう人々よりも遥かに強い力を持っており、空を自由に飛ぶこともできたという。

魔獣のような外見とその力は、人々を恐れさせるには十分であった。

人々は龍人が天に姿を現すと、恐怖に顔を歪め慌てて逃げていく。

一方の龍人たちも、地を這うように生きる人々などには興味を持っていなかった。

彼女たちはただ本能の赴くままに空を飛び、なんの目的もないまま日々を過ごしているだけだった。

そんな龍人と東方に住む人々の関係が大きく変わったのは、とある天変地異がきっかけとなる。

ある時、大陸の中央で干ばつが起こり、畑や森が枯れ、多くの生き物が命を失った。

わずかながら雨を降らすことのできる力があった彼女――善如龍王は、その力を使って大地に雨を降らせてやることにした。

別にその時の彼女は人々を救おうだとか、森を復活させようだとか考えたわけではない。ただ空をフラフラとさまようだけの生活に少々飽きて、何かいつもと違うことをしてみたかっただけだった。

しかし、それが龍人という種の運命を変えることになった。

それまで、人々にとって龍人は恐怖の対象でしかなかった。

だが、その日を境に龍人は人々の救世主に変わったのである。

強力な魔獣のように扱われていたのが、いつしか人々の間で龍人は『神の使い』と呼ばれるようにまでなった。

一方龍人の方にも変化が起こる。

人々が天を見上げ、雨を降らした彼女に感謝を捧げたと同時。

彼女は自分の中に不思議で温かな力が湧いてくるのを感じたのだという。

それは他の龍人たちも同じだったとあとで彼女は知った。

その不思議な感覚を味わうため、龍人たちは東方の国々を廻り、様々なことに苦しむ人々を救い続けた。

龍人たちの力は人々から感謝を受ける度に増していった。

最初の頃はわずかばかりの雨しか降らせられなかった彼女も、いつしか大洪水すら起こせるほどの力を持つようになったという。

月日は流れ、人々の龍人に対する認識は、その強大な力を称え『神の使い』から『神そのもの』へと変わっていった。

龍人たちがどれほどの力を得ようと『神』になれるわけはない。

人々が彼ら、彼女らを『神』と呼び、そう信じるようになっただけである。

主様は悲しそうに語る。

「じゃがそれが間違いであった。人々が我らを崇め、感謝を捧げる度に湧き上がっていたその力に段々と我らの体と精神が耐えきれなくなっていったのじゃ。我らは神ではない。じゃからそれだけの力を受け入れるほどの器を持ち合わせておらなんだ」

そして力の暴走が始まった。

ある者は自らの力を封印するため火山の奥地、溶岩の底へその体を沈め。

またある者は自我を失い暴れ、やがて島国の者たちによって討たれ。

そしてある者は天高く空の彼方へ消え去った。

「そして我はあの地から逃げ出して、我を知らず、崇めたてることのないこの大陸へ逃れることにしたのじゃが」

その頃には既に、彼女自身も半ば暴走状態にあったという。

彼女は溢れ出る力を海の上を通る時に放出しながら飛んだ。

それにより大陸が一つ沈んだという噂もあったが、のちにそれは大げさに語られたほら話だと聞いて彼女は安堵したのだとか。

「自らの力でそんなことをしでかしてしまったのかと数十年くらい後悔の念に苛まれておったがのう。その噂話を流した奴は今でも許せんが、身から出た錆じゃしな」

ともかく、彼女は広大な海を越え、この地に『不時着』した。

最初にこの大陸の端に落ちた彼女は、飛んできた勢いと、暴走した力を抑えきれず、自らの体で大陸を真っ二つに切り裂くように一直線に地面を掘り進んだのだそうだ。

大渓谷を作るほどの強い力とは一体どれほどのものだったのだろうか。

想像するだに恐ろしい。

そんな強大な力が、神ならざる者の身に制御できるわけがない。

彼女たち龍人が暴走してしまったのもいたし方ないことだったのだろう。

「そして我が自我を取り戻した時、お主たちが大渓谷と呼ぶこの強大な溝が出来上がっていたというわけじゃ。我ながら無茶苦茶じゃのう」

ホホホと優雅に笑う主様こと善如龍王様の姿からは、とてもそのようなことができるとは思えなかった。

色々と信じられない話が続いたせいで、僕もエンティア先生もよほど疲れた顔をしていたのだろう。

タッシュが「少し休憩してティータイムにしようや」と部屋を出ていった。

「そうじゃの。お主らも頭の中を整理したいじゃろうし、それにまだ聞きたいこともあるじゃろう」

「母上の話は長いからのう。我も寝てしまうところだったのじゃ」

シーヴァが彼女の腕の中で大きくあくびをしながら、のんびりとした口調でそんなことを言う。

彼にとっては既に聞いた話だったに違いない。

「わかりました。僕たちも少し休みながら考えをまとめようと思います」

「とりあえず手帳にメモした内容を整理しておきますね」

僕に続いてエンティア先生が愛用の手帳をぽんっと叩く。

主様の話は僕の想像を遙かに超えたものだった。

そして僕の知識なんて、王国と、その周辺諸国程度の小さい範囲でしかないことを思い知らされた。

この大陸以外にも世界は存在し、そこには幾多の国々があることはおぼろげに知っていた。

だけど、遙か遠くの東方大陸については、この国ではほとんど知られていない。

一体どんな人たち、どんな人種、そしてどんな魔獣や神様がいるのだろうか。

この大渓谷を作り上げるほどの力をもつ龍人。

そして、それほどの力を持っていた龍人を倒したという東方の人々って一体……

そんなことを考えながら僕はそっと目を閉じる。

視覚からの情報を遮断することで脳の処理能力が思考に回され、頭が冴えるからだ。

エンティア先生と二人で黙り込んだまま、主様から聞いた話の内容を脳内で整理してしばらくした頃。

「休憩には茶と茶菓子が必要だろう?」

そう言いながらタッシュがお盆に食器を載せてやってきた。

彼は、雑にお盆の上に重ね合わせていた食器を机の上に並べ始める。

机の中央には僕が今まで見たことがないような珍しい菓子が入った大皿が置かれた。

それからタッシュは僕らの前に空っぽのティーカップを四つと、深めの皿を一つ置いたあと、シーヴァを主様と挟み込むようにソファーに腰を下ろした。

「これってもしかして」

僕は目の前に並んだ中身の入っていないティーカップを指さしながらタッシュの顔を見る。

「おうよ、いつものように頼むぜ坊ちゃん」

どうやらお菓子は用意してくれたが、飲み物は僕に【コップ】を使って注げということらしい。

少し呆れたが、僕としては自慢であるラファムの紅茶を主様に飲んでもらいたいという思いもあったので、とりあえずスキルボードを開く。

「ほほぅ、それが【聖杯】の力か」

僕がスキルボードへ指を伸ばそうとすると、主様が突然そんな言葉を口にした。

「えっ、もしかしてぜにょ……ぜにょぜりょ……」

主様の本名、ものすごく発音しづらい。頭の中では唱えられるのだけれど……

「ふむ、お主も我の名は口に出しにくいようじゃの。この地の言葉とは発音の仕方が違うせいじゃろうか。まぁよい、我のことは『セーニャ』と呼ぶがよいぞ」

「セーニャ……様ですか」

「うむ。それなら言いやすいじゃろ。この地の者でも発音しやすいようにと一生懸命考えたというのに、誰も彼も主様としか呼んでくれないのじゃ。できればお主たちには我のことをセーニャと呼んでもらいたいと思っておる」

善如龍王様、いやセーニャがあまりに自分たちと同じ言語を普通に使うので気がつかなかったが、やはり遠く離れた地の言葉は言語体系から発音方法まで違うのだろう。

耳では理解できているのに、口に出すとどうしても舌が回らないという不思議な感覚を覚えた僕は、素直に彼女の言葉に従うことにした。

「それではセーニャ様と呼ばせていただきますね」

「うむ。それでさっき言いかけたのはなんの話じゃ？」

「そうでした。お聞きしたいのですが、もしかしてセーニャ様にはこのスキルボードが見えているのですか？」

僕は目の前に浮かんでいるスキルボードを指し示しながらそう尋ねる。

「ほほぅ、それをお主はスキルボードと呼んでいるのか。確かに我にはそれが見えるが、驚いているところを見ると我以外にはそれは見えておらぬということか」

セーニャは周りにいる二人と一匹を見回す。

そして全員が軽く頷くと「なるほどのう」と顎に手を当てて少しだけ考えるような素振りを見せた。

「まぁそれも女神の奴の仕業じゃろうが、なぜ我には見えるのか。あやつの力がそこまで……まぁそれはあとで考えるとしてじゃ」

一瞬だけ何かを考える仕草を見せたセーニャだったが、すぐにそれを中断して僕の出現させたスキルボードを指さし口を開く。

「一つ尋ねたいのじゃが、お主のそのスキルボードとやらの中で、毎回毎回何か変わる部分はないかの？」

「変わる部分ですか？　能力が開放される時以外ということでしょうか」

「そうじゃ。どこか常に変化している部分があろう？」

変化。

開放以外で変化する部分というと、僕には一つしか思い当たらない。

「それならこのスキルボードの一番下に小さく書かれている『民の幸福ポイント』の数字ですね。ここに来る前に色々使ってしまったので今はかなり減ってますけど」

僕がスキルボードの一番下を指で指し示すと、セーニャは身を乗り出しながらそれを確認するようにスキルボードに顔を近づける。

「うむ、たぶんこれじゃな」

「これが一体何か？」

僕は随分減ってしまっている『民の幸福ポイント』の表示を見ながら問いかける。

ちなみに今現在、『民の幸福ポイント』は５１２である。旅に出る直前は２５６まで減っていたので、この数日で大分回復していた。

「先ほど我の話に『民が我らに力を与えた』といったようなものがあったのを覚えているか？」

「ええ、もちろん。その力があまりに溜まりすぎたせいで龍人の皆さんは暴走してしまったと……それってまさか……」

僕は彼女の顔を見て、そしてもう一度『民の幸福ポイント』の表記に目を向けた。

すると先ほどまで512と表示されていた数字が525に変化した。

「そうじゃ。それが民からお主に向けた、言わば『崇拝値（すうはいち）』じゃ。実際のところはそれがなんなのかはわからんが、民がその者を敬えば敬うほど数値は増大していくはずじゃ。つまりお主は、龍人と同じ能力を持っていることになる」

「で、でも僕は神様でもないですし、普通の人族ですよ！　少し鍛（きた）えたおかげで他の人より魔力はありますけど、それだけです」

「何を言っておる。お主は女神から【聖杯】を授かった選ばれし者じゃぞ。再創造する者（ザ・リクリエイター）であるお主が普通の人と同じなわけがなかろうて」

呆れたような口調でそう告げるセーニャ。

そういえば最初に会った時に彼女は僕のことを再創造する者（ザ・リクリエイター）とも呼んでいた。

その意味を詳しく聞こうと思っていたのに、大渓谷ができた理由を聞いてすっかり頭から飛んで行ってしまっていた。

「一体その再創造する者（ザ・リクリエイター）とはなんなのです？　僕はそんな大層な二つ名をつけられるような覚えはないのですが」

「本来は女神が話すべき事柄であるはずなのじゃが……あやつはどうやら今はまだ動けぬ

ようじゃし」

女神様が動けないとはどういうことなのだろう。

僕が女神様と最後に出会ったのは、デゼルトの町の泉に水を注ぎ込むために魔力を使いすぎて倒れたあの日だ。

その時の女神様は、特に動けないとかそういった様子はなかったけど。

「やはりもう一度女神様に会う必要があるのでしょうか？」

そのためには魔力を使いきって魔力切れを起こし、また死にかけなければならない。

だがそんなことをして、今度も命を失わずに済むという保証はない。

「まぁいいじゃろ。とりあえず教えてよさそうな範囲でだけ教えてやるかの。じゃがその前に――」

セーニャは目の前の机に置かれたティーカップを一つ手に取り言った。

「お主の持つその【聖杯】の力を我に見せてくれぬかのう」

見せろというのはやはり【コップ】で何かを出せと言うことなのだろうけれど。

「えっと、紅茶でいいですかね？　それともサボエールとか果実酒の方が？」

「酒も気になるが、このような場で酔うわけにもいかんじゃろう。紅茶とやらでいいぞ」

「他にも水飴とかコンタルとかも出せますけど」

「お主は我に何を飲ませる気なのじゃ。さすがの我でもコンタルは飲まんぞ。それとも試してみろとでも？」

セーニャは僕の軽口に笑って返してくれた。

「それでは普通に紅茶を注ぎますね」

スキルボードからラファム特製のいつもの【紅茶】を選択する。

そして一旦スキルボードを閉じると、【コップ】に魔力を送り込みながら机の上に並べられたティーカップと、シーヴァ用に用意された皿に【紅茶】を順番に注いでいく。

【コップ】から注がれるものは常温なので、湯気や香りが広がることはないが、最後のシーヴァ用の皿へ注いでいる頃にはうっすらと紅茶の優しい香りが部屋に漂い始めていた。

「ふむ。いい香りじゃの」

セーニャは自分のティーカップを持ち上げて香りを確かめながら呟く。

続けて他の二人もそれぞれティーカップを手にする。

シーヴァは机の上に飛び乗ると、皿の前でお座りポーズでセーニャを見上げていた。

彼女が紅茶を口にするまでは自分は飲まないつもりらしい。

その仕草と行動は、セーニャの子供というより完全に犬だ。

まぁ、シーヴァはもう散々この紅茶は飲んでいるし、何より本家本元のラファムが淹れてくれたものを飲んでいるから、今更慌てることもないのだろう。

それに本物を飲んだことのある者からすると、僕が出すこの紅茶は不思議なことに一段格が落ちるように感じるのだ。

まったく同じものを複製して作り出しているはずなのにもかかわらずだ。

そのため僕自身もラファムがそばにいる時は自分の【コップ】からでなく、彼女に淹れてもらって飲んでいる。

セーニャはティーカップを手に取り、優雅に口元へ傾けた。

「いかがですか？」

「ふむ、優しい香りと主張しない味わいが不思議と心を安らげてくれる気がするのう」

彼女はティーカップの中の紅茶を半分くらい飲んだところで一旦机の上に戻し、ほっと息をついて感想を述べる。

その横ではシーヴァが皿に顔を突っ込んで、ペロペロとこぼさないように器用に紅茶を舐めていた。

セーニャはシーヴァを一撫でするとこちらに顔を向ける。

「お主の【聖杯】の力、見せてもらった。元の力にはほど遠いが、確かにかつてこの地に存在した【女神の聖杯】であることは間違いないようじゃな」

僕は手に出現させたなんの変哲もない【コップ】を眺める。

元々この【聖杯】はとんでもない力を持っていたと女神様は言っていた。

今はその力の大半を失い、最初は本当にただ水しか出せない役立たずの神具でしかなかったが、今は様々なものが出せるようになってきている。

　だんだん元の力を取り戻していく【聖杯】の姿。

　そしてそれが先ほどセーニャが語った民から与えられる力と関係があるということは、想像に難くない。

「それで再創造する者（ザ・リクリエイター）という呼称についてなのですが」

「そのことじゃがな。お主は力を失う前の……つまりお主の前に【女神の聖杯】を授かった者のことは知っておるか？」

「いいえ、まったく知りません。女神様からも、今の【聖杯】は昔の力を失っているとだけは聞いていますが」

「ふむ、やはり伝わっておらぬのか」

　セーニャは首を捻（ひね）ってしまった。

「だとすればどこまで話していいのやら……」

　わずかの間思考して、彼女は頭を左右に振った。

「まぁよい。面倒なことは考えずに教えられることを教えよう。まずは再創造する者（ザ・リクリエイター）とは何かじゃったな」

「ええ、それは先代……と言うのでしょうか。昔、僕の前にこの【聖杯】を授かった人がいるわけですよね。その人と僕は何か関係でもあるのでしょうか？　僕がその人の子孫（しそん）だとか」

「我が見る限り、お主が先代の生まれ変わりだとか血縁者だとかはないだろうよ」

なんだ、と僕は少し肩すかしを食らう。

てっきり先代と僕の間には由縁があるのだと思ったのだが。

「同じ【聖杯】を持っておるが、あやつの使っていた力とお主の使っている力は似ているだけで別物じゃしな」

「別物？　同じ神具なのにですか？」

「そうじゃ。同じ神具であっても、あくまでそれは道具にすぎん。使う者の魔力や資質によって違いが出るのは当たり前のことじゃ」

「先代の人が扱っていた力はどのようなものだったのですか？」

「あやつが扱っていた力は創造といってのう。お主の再創造と違って完全に無から有を作り出せる能力じゃった」

「無から……って、それはこの【コップ】と違って何も中に入れて解析させなくても、色々なものを作り出せると言うことですか？」

「そういうことじゃ。しかもあやつはお主のように液体状のものだけでなく、どんなものでも作り出すことができたのじゃ」

「凄い。それなら僕が作れずにいる砂糖とかも作り放題じゃないですか！」

「そこで出てくるのが砂糖とはのう」

セーニャは愉快そうに小さく笑った。

一体何が彼女の琴線に触れたのだろうかと首を傾げていると、彼女はさらに笑みを浮かべる。

「すまんすまん。いや、とんでもない力の話をしているのに、お主が最初に口にしたのが『砂糖が作り放題』じゃったからつい笑ろうてしまった」

「でもそうじゃないですか。僕が砂糖を作ろうとしてどれだけ苦労したことか」

「いや、決して馬鹿にしておるのではないんじゃよ。ただ我はお主のその言葉に心底安心してしまってな。女神の人選は間違っておらなんだようじゃな」

「安心ですか？」

正直、頭の中は疑問符でいっぱいだ。

なんだか馬鹿にされているような、それでいて褒められているような居心地の悪さだ。

「あやつもそうじゃったよ。本当に優しい心の持ち主だった……まぁ我はずっとこの大渓谷の底で力を放出するために動けなんだから外の世界のことはあまり知ることはできなかったが、我の知る限りあやつほど優しく、そして強い男はそうそういなかったろうて」

優しさと強さ。

その二つを兼ね備えた者が【聖杯】の持ち主に選ばれるとセーニャは言う。

「おだてたって何も出ませんよ？　あ、紅茶とかは出ますけどね」

僕は照れ隠しにそんなことを口走りながら、半分になっていたセーニャのティーカップに紅茶を追加する。

「それで僕の先代はどんな人だったのですか？」

「あやつはお主と違って背も高く立派な偉丈夫じゃった」

僕はまだまだ子供みたいな背丈だし、筋肉もそれほどついていない。

鍛えてはいるのに外見からはそれがまったくわからないのだ。

「そんなあやつが一度だけこの大渓谷の底にやってきたことがあっての。その置き土産がほれ、それじゃ」

セーニャが細く綺麗な指で指し示したのは天井……いや、そこで優しく光をたたえている鉱石だ。

この大渓谷のそこかしこから、光の届かぬ闇を照らし続けている鉱石――通称光石こそが彼の置き土産だとセーニャは語る。

暖かく、まるで太陽の光のような輝きで大渓谷を照らす光石。

それを先代は『創造』したのだという。

「ただのう。お主の『再創造』と違って、あやつの『創造』はとんでもなく魔力を食う力でな。あやつが実際作り出せたのは三つほどじゃった」

「でも今この大渓谷には色々なところに大量に光石はありますよね。下りてくる時も途中から無数に壁が光ってましたし」

「あれはな。あやつが作ってくれた光石を我が模造して作った模造品じゃ」

「模造品ですか？　あれが？」

「そうじゃ、模造品じゃや。そもそもあやつが作った本物の光石は光を出すのに魔力を必要とせんもんじゃった」

「ということは何も力を補充しなくても永遠に輝き続けるというわけですか。信じられない」

ドワーフが設置した食料庫の光石は、定期的に魔力を補充しなければ魔力切れを起こし光らなくなってしまう。

この大渓谷を照らす大量の光石にしても、セーニャから溢れ出る魔力が充満しているこの地だからこそ光り続けているものの、その力の及ばないところに持っていけば、魔力切れと共に光を失うのだ。

だが、先代が作ったという『本当の光石』は、まったく魔力を使わずに光を放ち続けるのだそうだ。

一体どんな仕組みなのだろうか。

「あやつがこの地にやってきたのは、結局その一度だけじゃったがな。暗い地の底に眠る我のことをどうやってか知って訪ねてきおった」

「一体何をしに先代はやってきたのでしょうか？　もしかして好奇心で？」

「いや、あやつは我の力を借りようとやってきたらしい。彼の地に存在した蜥蜴はかなり強力で邪悪だったらしくてな。女神の神具を持つ奴らもそやつの呪いだかなんだかのせいで近寄れないから力を貸してくれ……そんなことを言っていた」

彼の地に存在した蜥蜴というのは、建国記に記されているドラゴンのことだろう。

先ほども感じたが、彼女はどうやらドラゴンのことを相当毛嫌いしているようで、『蜥蜴』と口にした時にはかなり嫌そうな表情を見せた。

「それでセーニャ様は力を？」

「その頃の我はまだ力を制御するのが苦手でな。もし大きく動けばこの大陸ごと沈めてしまうかもしれん状況じゃったから、助太刀はとても無理じゃった。他にも表だって動いてまた大量の信仰を流し込まれては敵わんという理由もあったがの」

大陸をまるごと沈めてしまうという彼女のその言葉は、本来なら一笑に付すような世迷い言のはずだが、何せこの巨大な大渓谷を作り上げた本人の言葉である。

当時の彼女は本当にそれくらいのことをしでかすだけの力を持っていたのだろう。

「しかし暗い地の底。当時は我の魔力を恐れて誰も近寄る者などなく、魔物ですら寄りつかんかったこの地に初めてやってきてくれた客人を無下に帰すわけにもいかなかった。なのであやつには我の鱗を数枚与えたのじゃよ」

「鱗……」

そうだった。

今のセーニャは美しい女性の姿をしてはいるが、それは仮初めの姿でしかない。

本来はこの大渓谷を作り出すほどの巨大な『龍人』のはず。

実際に目にしていない以上想像でしかないが、龍人には鱗があるのだろう。

そういえば確か彼女が忌み嫌うドラゴンの中にも鱗を持つ種がいたはずだ。

「その鱗にはどのような力があったのでしょう？　わざわざ授けたということは、先代が求めていた力がそれには込められていたということですか？」

「察しがよいな。我が直接その蜥蜴を倒すことは無理な状況じゃったからの。あやつから蜥蜴を倒すために必要なものを聞き出して、それに合った力を付与した鱗を与えたわけよ」

彼女たち龍人は東方で神に近しい力を持っていた。

そして先代がこの地にやってきた頃の彼女はその力を維持していたのかもしれない。

「僕たちが女神様から授かっているように、様々な力を人々に与えたのですか？」

「少し違う。繰り返すが我らは神ではない。あくまで自らの力を封じ込んだ体の一部を授けることしかできぬ」

「それで、先代はそのお礼に光石を？」

「そうじゃ。その蜥蜴は強力な呪いを放っておって、人族では女神の加護を持ってしても近づけなくてな」

女神様の加護でも抑えられない呪いの力。

それを彼女は鱗を渡すことで、対処したということか。

その事実に僕は驚きを隠せなかった。

「女神様の力でも無理だったものをセーニャ様が克服させたというのですか」

「ものには得手不得手があるのじゃよ。女神もあやつも色々なものを作り出すことができたが、呪いについては素人じゃったから対処の仕方がわからなかったのじゃ。それに比べて我ら東方の者にとっては呪詛や呪いを相手にすることは日常の一部じゃったからのう」

ホホホと笑うセーニャ。

一体東方の地とはどれほどの魔境なのだろうか。

セーニャのような神に近い力を持つ龍人が存在し、更に暴走した龍人を討伐できるほどの猛者がいる。

そのことを考えると背筋が凍る。

「その後、我はしばしの間眠りについておってな。どうなったのかと心配しておったのじゃが、蜥蜴の討伐に成功したようじゃの」

「ええ、王国はそうして誕生したと聞いています。ただ歴史書のどこにもセーニャ様の鱗や先代の話は出てきませんが」

「ふむ。鱗のことは口外無用と伝えたが、約束を守ってくれたようじゃの。変に信仰を集めてしまうと我の力がまた暴走するやもしれんでな。あやつ自身の名が残っておらぬのは、あやつも表舞台に出るのを嫌ったせいじゃろう」

　彼女は懐かしそうに目を細めると、僕が注ぎ足した紅茶を一気に飲み干す。

「というわけでお主の力と先代の力の違いはわかったかのう」

　先代の【聖杯】を授かった人物の力は、思い描いたものを、なんでも無から作り出すことができる。

　ドラゴンの呪いに対抗する武具は作れなかったところから、本人にまったく知識がないものは作れないらしいが、液体に限らず、固体も創造可能だというのは羨(うらや)ましい。

　しかし、その力を使用するにはとんでもなく多量の魔力を消費するため大量生産はできない。

　それとは違い僕の力は複製能力に特化していて、その分魔力の消費が少なく大量に作り出せる。

　領地の開発のために大量の水やコンタル等を作り出すことが必要だった僕には、今の力の方が都合がよいわけだ。

複製できるのは液体かそれに近いもののみで、砂糖が作れないのは残念だけど、もしかすると【聖杯】の力が解放されていけばいずれは可能になるのではないかと期待している。

創造（クリエイト）と再創造（リクリエイト）。

無から有を作り出す力と、既にあるものを複製して作り出す力。

そう考えると領地の復興を目指している僕に今必要なのは、やはり再創造（リクリエイト）で間違いないのだろう。

女神様もそこまで考えて僕にこの力を授けてくれたに違いない。

「さて、それじゃあ次はお主がこの地にやってきた理由を聞こうではないか」

「えっ」

「何をボケておるのじゃ？　お主は何か我に頼みごとがあってやってきたのじゃろう？」

セーニャから聞かされ続けた衝撃的（しょうげきてき）な話のせいで、僕はすっかりこの地に――彼女に会いに来た本来の目的を忘れてしまっていた。

僕は慌てて姿勢を正し、ゆっくり頭を下げて彼女にここに来た目的を告げた。

「セーニャ様。どうか我が領地への水の供給をせき止めているあの大岩を取り除いてはいただけないでしょうか」

「大岩？　なんのことじゃ？」

僕の言葉を聞いた彼女は、予想に反して一体なんのことを言っているのかさっぱりわからないといった顔をしてこちらを見つめ返した。

もしかして彼女は、水をせき止めるために自ら置いた大岩の存在をすっかり忘れているのだろうか。

「母上はもう婆さんだからもの忘れが酷いのじゃ」

シーヴァが横合いから茶々を入れた瞬間、その姿が机の上から一瞬で消え去る。

「いたたたたたたっ。やめっ……放してほしいのじゃっ！　ごめんなさいなのじゃーっ」

いつの間にかシーヴァはセーニャの手で頭をがっしり掴まれて、ぶら下げられ悲鳴を上げていた。

なんという早業（はやわざ）。

「お主は育ての親に対する敬意（けいい）が足りなさすぎじゃのう。やはり甘やかしすぎたみたいじゃし再教育をしてやらねばならぬな」

「ひぃぃぃ。シアン助けるのじゃーっ」

口は災（わざわ）いの元という言葉の意味を、シーヴァは身をもって示してくれている。

僕は「無理」と口だけ動かして答え、シーヴァについては触れないことに決めた。

気を取り直し、もう一度セーニャに語りかける。

「僕はビアードさんと大エルフのヒューレから、エリモス領への水の流れをせき止めている大岩のことを聞いてやってきたのですが。本当にご存じない？」

「ふむ。我も長い年月この地におるからのう。その間に色々ありすぎて些末なことは忘れてしまっていることも多いのでな」

シーヴァをぶら下げたままそう答えるセーニャは、心底覚えがないといった風であった。

彼女ほどの力の持ち主だと、僕らの領地にとっては死活問題な事象ですら些末な出来事なのだろうか。

「とりあえず詳しく話せ。話を聞けば何か思い出すやもしれぬでな」

「わかりました。では僕がビアードさんたちから聞いたことと、今僕の領地で起こっていることをわかる範囲で」

それから僕はエンティア先生と共に説明を始める。

ようやくセーニャの手から解放され、涙目のシーヴァにも補足してもらいながら、僕の知っている範囲の出来事を全て彼女に話した。

だが、結局セーニャは最後まで聞き終わっても「やはり覚えておらぬのう」と首を傾げるばかりだった。

もしかしたら本当にセーニャと大岩とはなんの関係もないのだろうか。

だとしたら、大エルフであるヒューレの魔法を使っても破壊できなかった大岩を、一体誰が置いたというのか……。

「ふむ。だがその岩とやら自体は我も見たことがあるぞ」

「えっ、本当ですか」

「ああ。確かお主の国の馬鹿共が無茶して崖の上を削っていた時じゃったか。欠片をこの地に落としまくって危険じゃったから追い返したんじゃが、その時にそんなものを見たような気がするのう。我も遠目からチラリと見かけただけで、なんなのかは確認せなんだが……」

　王国がこの大渓谷の資源を発掘しようとしていた時のことで間違いなさそうだ。

　彼らもまさかその地の底にセーニャやドワーフたちが住んでいるとは思わず、かなり派手に工事をしていたに違いない。

「詳しく説明していただけますか」

「うむ。とにかく欠片が落ちてきて危なかったのう。で、周囲に結界でも張って守っておいた方がよいかと思っていた矢先じゃった。ほら、ビアードの小僧がおるじゃろ」

「小僧って……ビアードさんが何か?」

「小僧が我の庭で遊んでた時じゃ。上から落ちてきた岩の欠片が小僧の頭にぶつかってな。小さなたんこぶができたもんじゃから我もついカッとなってしまってのう」

　この大渓谷の最上部から落ちてきたのだとすると、欠片だとしてもとてつもない威力のはずで。

　それが頭に当たってこぶができただけとは……

ドワーフの頑丈さは想像以上だなと思いつつ、逆に言えばそれだけ頑丈なドワーフ族でなければ死んでいたという事実に気がつき戦慄(せんりつ)する。

「奴らの深層心理から一番恐怖するであろう存在に身を変えて脅しつけてやったんじゃ。あの醜い蜥蜴風情の姿になるのはもう二度とごめんじゃがな」

なるほど。

大渓谷の開発の時に現れたというドラゴンは、彼女が身を変えた姿だったのか。

だから王国の書物や人々の記憶に大渓谷の主はドラゴンだと残っているのだろう。

「その時に我がかつて作った橋の上にも人族が群(むら)がっておったから遠くから軽いブレスを吹きつけて追い払ってやったんじゃが。その時に確か橋の上に石ころがあったような気がするわい」

石ころ……それが大岩と見て間違いないだろう。

王国が大渓谷の開発をしようとした時に、その大岩が現れたのだろうか。

それとも開発を始める前には既にあったのかもしれない。

大岩がいつどこから現れたかも気になるけれど、それより今セーニャはさりげなく橋を作ったと言っていた。

なぜ彼女が水道橋をわざわざ作ったのだろうか。

そのことを問いかけようとしたが、それより先にセーニャが口を開く。

「では早速その石ころとやらを取り除いてやろう」

セーニャは椅子から立ち上がり、控えていたタッシュに「あとは任せるぞ」と告げてから僕たちの方を向く。

「取り除いてくださるんですか？」

「うむ。ここまでわざわざ訪ねてきてくれたお主たちの願いを叶えてやりたいというのもあるのじゃが」

セーニャは眉間にしわを寄せて言葉を続ける。

「もしかしたらその大岩とやらは我に関係のあるものかもしれぬと思ってな」

「何か心当たりがあるんですね」

「実物を確認するまではなんとも言えんがな。それにそろそろお主らも我の本当の姿を見たいのではないか？」

そう言い残し、セーニャはさっさと一人だけ先に歩いていった。

僕たちは慌てて彼女のあとを追って部屋を出る。

そして玄関で靴を履き直し、子供たちが遊んでいた子供広場とは逆の庭園、更にその奥へ向かった。

途中通った庭園は美しく手入れが行き届いて、東方的とでも言うのだろうか、見たことがない景色が広がっていた。

その中でも特徴的だったのは、小さめの石が綺麗に敷き詰められた場所。

僕がそれを見て足を止めたのに気づいたセーニャが嬉しそうに説明してくれた。

「綺麗なものじゃろ。枯山水（かれさんすい）といって、水を使わず水面を表現している……とかなんとか聞いたことがあるのじゃ」

どうやら彼女自身もよくわからないらしい。

セーニャの生まれ故郷の話を聞いたドワーフたちが、彼女の言葉から想像力を存分に発揮して再現したものなのだとか。

セーニャ曰く、昔彼女が見たものはもう少し繊細（せんさい）な作りで、細部はかなり違うみたいなのだが、ドワーフたちが自分のために作ってくれたこの庭の方が何倍も素晴らしいと語り、その表情はとても優しかった。

「本当は子供広場の方から抜ければすぐなのじゃが、あちらを通ると子供たちが遊べ遊べとうるさいからのう。特に今はシーヴァもおるからの」

「我が隠れていたのは別に母上から逃げていたわけじゃないのじゃぞ。昔からドワーフの子供は我を見ると思いっきり抱きついてきて絞（し）め殺そうとしてくるから苦手なのじゃ」

「今のお主なら成長しておるから大丈夫じゃろう。思いっきり抱かせてやればええ。あの子らはお主に会うのは初めてじゃからあとで紹介してやるわい」

「嫌なのじゃー！」

セーニャとシーヴァの親子漫才みたいなやり取りを眺めつつ、僕たちは大きな神殿の建物をぐるりと巡るようにかなりの距離を歩いて、裏庭へたどり着いた。

「そこの縁側にでも座って待っておれ」

僕とエンティア先生は、セーニャが指し示した縁側というスペースに腰を下ろす。

セーニャはシーヴァを連れ、そのまま僕たち二人を置いて裏庭の更に奥へ先に進んでいった。

その先に見えるのは大きな倉庫のような建物で、その様式も初めて見るものだった。

あとで聞いたところによると、東方では『蔵』と呼ばれる、倉庫のような建物らしい。

セーニャとシーヴァが蔵に入っていったのを見送り、僕らは大きく息を吐き出した。そして、どちらともなく口を開く。

「しかし大きいな、この神殿」

「セーニャ様から色々教えていただきましたが、普通の部屋だけでもかなりの数があるようですね」

エンティア先生は、懐から取り出したメモ帳にセーニャから聞いた話をまとめつつ、神殿の構造について説明してくれた。

まず、神殿の中には数百人が入れるほどの大会議場や大宴会場が一つずつあるらしい。

そして他にはなんと、演劇場まであるという。

どれもこれもセーニャがドワーフたちに語った思い出話を元に、彼らが増設に増設を重ね作っていったそうだ。

だがドワーフの人口を考えればわかる通り、そんな大きな部屋たちは今まで一度もまともに使用されたことがない。

もちろん他も、作ったはいいものの使われたことはほとんどない部屋ばかり。

「もったいないな」

「そうですね。これほどの建物になると、王都くらいの人口がなければ使い切れないでしょうし」

「ドワーフの村と、僕の領地の民が全員集まっても余裕だな」

僕らは少し乾いた声で笑い合っていたが、同時に同じ方向に目を向けた。

蔵の扉が開く、軋んだ音が聞こえたからである。

「待たせたのう。スタブルの奴が変に奥まで綺麗に片づけておったせいで、引っ張り出すのに苦労したわ」

「げほっげほっ。本当に蔵の掃除はちゃんとしておったのか母上。あれで整理整頓済みとか、嘘としか思えんぞ」

「家の中は我が掃除しておるが、蔵の方は任せっきりだったからのう」

そんな話をしながら、蔵から出てこちらに歩いてくるセーニャとシーヴァ。

セーニャは、自らの体の数倍はあろうかという荷物を頭の上に掲げるようにして持っていた。

椅子を数脚（すうきゃく）繋げたような奇妙な物体で、紐（ひも）でぐるぐる巻きにされている。一見して小柄な女性が持てるほど軽いものとは思えない。

「大丈夫ですか。手伝いましょうか？」

僕とエンティア先生は慌てて立ち上がって彼女に駆け寄るが、逆に「危ないから近づくでない」と怒られてしまった。

「ここらでいいか。よっこらせっと」

ドスン。

彼女は持っていた大荷物を地面に下ろすと、今度はひとまとめになっていた紐を解いて広げていく。

やがて出来上がったのは、二つ繋ぎの椅子が縦に三つ並んだ何かだった。

「これは一体？」

「鞍（くら）じゃな。我が元の姿に戻ったあと、これを背中につける。じゃから、お主たちはそれに乗るがいいぞ」

彼女はまた僕らから少し離れた場所まで移動すると、周りを確認してから声を上げた。

「誰も我の変化が終わるまで近寄るでないぞ。お主らのような貧弱な人族じゃと最悪死んでしまうかもしれんでな」

「死……」

「変化ですか！　それをこんな間近で見ることができるなんて。ああ、シーヴァくんの解剖を一旦諦めてまで来てよかった」

「のじゃっ。お主今『一旦』とか言ったか⁉　ずっと禁止の約束じゃったろうがぁ‼」

好奇心に顔を紅潮させるエンティア先生とは対照的に、シーヴァは顔を青ざめさせて喚き立てる。

セーニャは二人のことなど気にせず、ゆっくりと目を閉じた。

「うわっ」

「くっ」

次の瞬間。

彼女の体から蒼く強い光が放たれた。

そしてセーニャは徐々に姿を変えていく。

あっという間に小さかった彼女の影が伸びて神殿の屋根まで届き、輪郭も人のそれとはまったく違ったものへ変化していく。

「素晴らしい！　素晴らしいです‼　今まで獣人族の中に希に生まれるという人化能力を持った者の変化は見たことがありますが、これほどまでに別の姿に変わることができる変化など見たことがありません。ああ女神よ‼ こんな機会を与えてくれたことに感謝します」

歓喜の雄叫びを上げ、凄い勢いで喋り続けるエンティア先生。

その隣で僕は口をあんぐりと開け、変身の様子を無言で見ていた。

しばらくして蒼い光が徐々に収まっていくと、そこに現れたのは巨大な生物――いや魔獣か。

顔は話に聞くドラゴンに近い姿をしているが、頭から生えた立派な二本の角と、大きな鼻の横から伸びる長い髭が特徴的だ。

鋭い牙と大きな瞳は、恐ろしさよりも神々しさを感じる。

ドラゴンとの何よりの違いは体だ。

かつて読んだ本に出てきた、ナーガと呼ばれる蛇形魔獣と同じような長い胴体と、そこから飛び出した短めの前足と後ろ足。

その体を覆うのは不可思議な光をたたえた蒼い鱗。

その輝きに僕は目を奪われてしまった。

「綺麗だ……」

隣で猛烈な勢いで愛用の手帳にスケッチを始めたエンティア先生と、あくびをしているシーヴァ。

シーヴァにとっては彼女の真の姿は見慣れているのだろう。

僕はただ、その美しく蒼い姿を目に焼きつけるように見つめ続けていたのだった。

もそもそもそ。

僕の目の前で今、素晴らしく美しい、蒼い鱗をきらめかせた魔獣——龍が、必死にその巨体に見合わぬ小さな足を使って、僕らが乗るための鞍を背負おうとしていた。

その様子は神秘的な見た目とは反してとても可愛らしく見え、先ほどまで神秘性に目と心を奪われていた僕を正気に戻すには十分なものであった。

「あの……セーニャ様？」

もそもそもそ。

「なんじゃ！　見ての通り今の我は忙しいのじゃ‼　ええいっ、このっ。いつもはドワーフ共にやってもらってるから勝手がわからんっ‼」

もそもそもそ。

長い体が絡まってしまいそうな体勢で必死になって頑張るセーニャの方に、シーヴァが呆れたような顔をして飛んでいく。

シーヴァもさすがにしびれを切らしたのだろう。

「母上、自分でやりたいのはわかるのじゃが、諦めてスタブルかタッシュを呼んできた方がよいのではないかの？」

「ええい！　我はこの地で最強の龍ぞ。こんな鞍を自分の手で背負うくらい簡単なはずじゃ」

もそもそもそもそ。

ガンガンガンガン。

バンバンバンバンバン。

シーヴァの忠告のせいで余計に意地になったのか、セーニャの動きが加速した。

彼女の長い尾が苛立ちを表すかのように地面を叩く。

このままでは背負う前に鞍を壊してしまいそうな勢いである。

「しかし母上は昔から根っからの不器用者じゃとみんなが言うておるぞ」

シーヴァの言う通り、彼女はかなり不器用なのだろう。見ればわかる。

「なんじゃとーっ、みんなとは誰か！　あやつか？　ビアードの小僧か？」

「……まぁ、とにかく大体みんな知っておるよ。じゃからいつも世話係を近くに置いてくれておったわけじゃし」

「世話係じゃと？　まさか……毎日子供たちを連れてくる奴らが……」

そんな親子の会話を、どんな顔をして聞いていればいいのか困惑していると、神殿の陰からスタブルが姿を現した。

……たぶんスタブルだと思う。

ドワーフ族を外見で見分けるのはかなり難しいので、着ている服や装飾品(そうしょくひん)などで判断するしかない。

「なんの用じゃスタブル？」

正解だったか。

「……手伝う……」

「不要じゃ」

「…………」

即座に断ったセーニャの目をじっと無言で見つめるスタブル。

その瞳には一見するとなんの感情も浮かんでいないように思えるが、断られても一歩も引かないという意思が感じられた。

しばし睨(にら)み合ったあと、結局折れたのはセーニャの方だった。

「わかったのじゃ。お主に任せるから早くするがいい」

セーニャは長い胴体の上半身だけを器用に地面に伏(ふ)せると、どこか拗(す)ねたように僕らから目をそらす。

その頭の上にシーヴァが下り立って「人には向き不向きというものがあると教えてくれたのは母上じゃろ」と笑っていた。あいつ、あとで怒られるのではなかろうか。

「…………シーヴァ。手伝え……」

そんなシーヴァに向けて、鞍に近寄ったスタブルが声をかけた。

そこからは順調だった。

スタブルは手作業で、シーヴァは魔法で、それぞれ手慣れた風にセーニャの背に鞍を取りつけると、何重もの紐で丁寧に巻きつけて鞍を固定する。

ドワーフの力で固定されれば、ちょっとやそっとでは外れそうにない。

「……また帰ってきたら呼ぶといい。外す……」

最後にそれだけ言い残して、スタブルは子供広場に戻っていった。

彼を見送ったあと、僕とエンティア先生はシーヴァの魔法で持ち上げられセーニャの背中の鞍に放り込まれた。

鞍は座ってみると思ったよりも広い。

ビアードさんは「主様はよく子供たちを乗せて大渓谷の中を遊覧飛行してくれる」と言っていたが、その話を聞いた時は冗談だと思っていた。

だけど、この最大六人が座れる鞍を見る限り、あれは本当のことだったようだ。

僕は一応聞いてみる。

「セーニャ様。僕たちを乗せて飛んでくれるのですか？」

「当たり前じゃろ。なんのためにこの姿に戻ったと思っておるのじゃ」

姿を見せてくれるとしか聞いてなかったんだけどな。

そう思ったが口にはしないのが紳士というもの。

「それにのう。お主が言っておったじゃろ」

「僕が何を？」

「橋をせき止めているとかいう石ころのことじゃ。我もその石に少し心当たりがあると言ったじゃろ。だからついでにそれも確かめようと思うてな」

どうやら僕の話はちゃんと彼女に伝わっていたようだ。

僕としては見に行くだけでなくそのまま大岩を取り除いてくれれば、この地にやってきた目的が達せられるのでありがたいのだが。

しかし、大岩は一体誰がなんのために置いたのか。

セーニャは先ほど、王国が大渓谷の開発をしようとしていた時には既に、大岩があった気がすると言っていた。

つまり僕が大渓谷に来るまで考えていた仮説は間違っていたということになる。

それまでは大渓谷の主であるセーニャが王国の渓谷開発に怒り、その拠点であった町の水をせき止め、開発部隊をデゼルトに滞在させないために大岩を置いたのだと思っていた。

だけれど実際はセーニャが開発部隊を追い返す以前から橋はせき止められていた。

だとすれば、目的は一体……？

「とにかく行ってみればわかるじゃろ。さぁ、はよ帯を締めぬか。死ぬぞ」

セーニャは急かすように巨体を少し揺らした。

帯ってどれのことだろうと椅子の周りを見回していると、シーヴァがふわふわ飛びながら寄ってきて教えてくれた。

「そこの腰のところと肩から回す帯をきっちり締めておくのじゃ。それが緩いと……落ちるぞ」

「お、落ちる？」

「うむ。ドワーフの子供たちも何度も落ちかけておったわ。まぁドワーフは子供でも力が強いし頑丈じゃからなんとかなったが」

「なんとかって……」

いくらドワーフでも、空を飛んでる時に落とされたら軽い怪我では済まないと思うのだが。

「グダグダ言ってる暇があったらしっかりと結ぶのじゃ」

「これかな。これをこっちの穴に通してっと。こうか」

「シアン様。ちょっと見てもらえませんか。これでいいのか心配で」

僕がテキパキと帯で体を座席に固定していると、隣に座ったエンティア先生が泣きそうな顔でそう頼み込んできた。

そういえばエンティア先生って勉強以外では意外と不器用なんだよな。

彼女なりに帯を結んでみたらしいのだが、見てすぐわかるほど酷い結び方をしている。

この結び方では体を支えることはできないだろう。

「これじゃあ少し力が入ったら外れるし、こっちの帯なんて首をしめちゃうよ。結び直すからちょっとじっとしてて」

僕は自分の帯を一旦外すと、エンティア先生が適当に縛った帯を外して結び直す。

このまま飛び立っていたら最悪上空で大事故が起こるところだった。

「はい。これでよし」

「あ、ありがとうございます、シアン様」

「縛り直してる時に思ったんだけど、手帳とかも置いていった方がいいんじゃないかな」

「そうですね、落としたら大変ですし。シーヴァくん、この荷物をお願いします」

ふわふわと僕たちの周りを飛んでいたシーヴァに、エンティア先生は手持ちの荷物をまとめた袋を手渡した。

「これは縁側に置いといたらええじゃろ。こんなところに泥棒はおらぬしな。まぁ精々子供たちがおもちゃにするくらいじゃ」

「見つからないように奥へ置いてくださいね。もし帰ってきてどうにかなっていたら、代わりに君を解剖させてもらいますから」

「わ、わかったのじゃ。子供たちの手が届かない場所に置いておくのじゃ」

　さて、これで準備完了である。

　僕にとって初めての、そしてエンティア先生にとってはシーヴァに運んでもらって以来の飛行体験である。

　胸が躍(おど)ってきたな。

「準備はよいな？　それでは飛ぶからしっかり掴まっておれ」

「はいっ」

　そうして僕たちは、神殿から上空へ飛び立ったのだった。

◇　◇　◇

「わわっ、ぶつかるーっ‼」

　僕の目の前に、大渓谷のでこぼこした壁面が近づいてくる。

　飛び立った瞬間は感動したものの、大渓谷とはいえ大空に比べると狭い隙間をかなりの速度で移動すれば、あっという間に壁面スレスレまでたどり着いてしまう。

セーニャは渓谷の壁面に近づいたと思ったら、壁に沿うように上昇している。

わざとなのか、それともそれがいつもの彼女の飛行航路なのかわからないが、初めて空を飛ぶという体験をする僕にはあまりにも刺激が強すぎた。

「素晴らしい！　シーヴァくんに運んでもらった時もすごいと思いましたが、セーニャ様のこの速度と安定感は別格ですね‼」

一方、一度シーヴァと共に飛行を経験しているからか、僕より飛ぶことに慣れているエンティア先生は大はしゃぎだ。

半分白目な僕と大喜びではしゃいでいるエンティア先生を、セーニャの頭の上に乗ったシーヴァが面白いのか僕を馬鹿にするような念話を送ってくる。

さすがにこの高速飛行中ではセーニャの頭の位置から、僕たちのいる背中まで肉声は届かない。

『いつもの澄ました顔はどうしたのじゃシアン。まさか怖いのか』

言外に笑いを含ませたような念話に僕も頭の中で返す。

『飛ぶのなんて初めてなんだから仕方ないだろ！　それよりもどうしてこんな壁の近くばかり飛ぶのかセーニャ様に聞いてくれ。そしてできればもう少しゆっくりと飛んでほしいと伝えてくれないか』

『そりゃこのルートが母上がいつも子供たちを背に乗せて飛ぶ時のルートだからじゃろう

な。あのガキ共、普通に飛ぶだけでは慣れてしまって喜ばぬらしい。我も昔は壁の手前を飛んでくれとせがんだものじゃ』

『僕は慣れてないからっ』

そう必死に念話を送ると、シーヴァは『やれやれ』といった風な念話を返してくる。

その直後にセーニャが壁から離れるように経路を変え、その速度も落とし始めた。

どうやらシーヴァが彼女に僕の願いを伝えてくれたようだ。

『ありがとうシーヴァ』

『これは貸しじゃぞ』

シーヴァに続いてセーニャの声が脳内に響く。

『すまなかったなシアンよ。ついいつもと変わらぬつもりで飛んでもうたわ。シーヴァに言われるまでお主らと念話を繋ぐのも忘れておった』

「おおっ、これはセーニャ様の声っ」

隣のエンティア先生が反応したということは、僕だけではなく二人……いやシーヴァも含めてこの場にいる全員を念話で繋いだということか。

さすがシーヴァの上位互換。

『誰の上位互換かっ！』

僕の思考が漏れていたらしく、即座に反応するシーヴァ。

『シーヴァくんの上位互換とは素晴らしい。いつか私の研究にも付き合ってもらいたいですね』

やはり全員に通じているらしい。

一体どういう仕組みなのか気になるけれど、その話はあとだ。

『セーニャ様、それで例の橋の場所はわかりますか？』

『ちょうどこの真上のはずじゃ。お主も下りてくる時に見たじゃろ』

『それが、上の方に妙な濃いもやがかかっててよく見えなかったんですよ』

大渓谷上部に固定されたかのように存在するもや。

いや、雲と言った方が正しいのかもしれない。

対岸すらぼやけて見えなくさせているそれは、王国の書物には大渓谷の主であるドラゴンが、その魔力で生み出した結界の一つだと書かれていた。

『結界？　そんなものは張っておらぬが？』

『そうですか。たぶんそうだと思ってました』

僕の中で、王国で得た知識の信用度は限りなく低くなっている。

『ではあの霧はなんなのでしょうか』

僕の言葉を受け、ゆっくりと高度を上げていくセーニャ。

前方にかすかに見える煙状のようなものこそ、今話している霧だ。

それを見る僕の頭の中に、セーニャの返答が伝わってきた。

『あれは魔素溜まりの境界じゃな』

『魔素溜まりの境界ですか』

『我が大渓谷の中で放出した魔素が、この渓谷内には随分濃く溜まっておるからの。その濃度の濃い魔素と、薄い外界との間……つまり境界で色々なものが歪んでおるのじゃろう』

この地にたどり着いた時のセーニャは、その体に神に匹敵するほどの力を蓄えていた。

人々の崇拝する心。

龍人を神と崇める信仰心が生み出す力から逃げだした彼女は、龍人を知らない別大陸まで飛行した。

彼女は自らを暴走させている魔力を外に吐き出しながら海を越え、この地に落ちた。そのあとに大渓谷を作り、体内で渦巻く強大な力をゆっくりと大渓谷の中に放出していったらしい。

『この渓谷内と上空に大量の魔獣が棲み着いておるのも、全て我の魔力に寄ってきたか、ここで生まれたものたちじゃ。まぁあ奴らはこの餌場がある以上、ここから離れて悪さをすることは滅多にないから安心せい』

『時々王国に現れる魔獣とは違うのですか？』

『そういう奴らは渓谷で湧いたはいいが、この地で生きてゆけぬほどの弱い魔獣共じゃ』

『だから渓谷から逃げて、その先で人に倒される……悲しい存在ですね』

『魔獣の世界とはそういうものじゃ。それよりも見えてきたぞ』

見上げる先。

蠢く雲のような歪みの中に、徐々に一本の線が見えてくる。

近づくにつれその線はどんどんと太くなり、それが橋だとわかる頃には、その一部から大量の水が大渓谷へ滝のように落ちて行くのを確認できるようになった。

滝の水は、壁面から突き出た岩々に当たっては砕け、やがて霧のように霧散していく。

「これは壮大な景色ですね」

エンティア先生が感嘆の声を上げる。

例の岩のおかげで作り出されたであろう景色だが、僕の望みが叶えばこの壮大な風景は消えてしまうのだ。

少し残念に思うが元々存在しなかったものであるし、何よりオアシスを元の姿に戻すためには仕方がない犠牲だ。

遠慮はいらない。

『我の記憶じゃと、あの橋を作った時は水なんぞ流れてなかったのだがな』

『そうなんですか？　聞きそこねていましたけど、そもそもセーニャ様はどうしてあんな巨大な橋を作ったんです？』

　大岩の話を初めてセーニャにした時、さらっとあの橋は彼女が作ったと口にした。

　その後、大岩の話ばかりしていたせいで、すっかりその理由を聞くことを忘れていた。

『この渓谷は我がこの地に墜落したせいでできたと言ったじゃろ。その時に本来なら繋がっていた左右の地を我が完全に分断してしもうたわけじゃ』

『一応大陸の端あたりはまだ地続きらしいですけど、ほとんど真っ二つだとは聞いています』

『じゃから、この地に住まう者たちが移動できるようにと隔たれた左右の地を繋ぐ橋を何本も造ったわけじゃ。ただその頃はまだ暴走する力を抑えるので精一杯で、結果あまり役に立たぬものを作ってしまっていたわけじゃ』

　何本も。

　彼女がこの地に墜落した頃に持っていた力を思えば、確かにそれは可能なのだろう。

　この巨大な大渓谷を繋ぐ橋。

　もしかしたら分断された当時は、その橋を使うことで左右に分かれた地は何かしらの交流をしていたのかもしれない。

　だけど僕の知る限り、今は橋の存在なんてほとんど伝わってはいなかった。

　王国の開発部隊の記録からも抹消されていた理由はわからないが。

そして僕は、今その中の一本を見上げている。

『もやが晴れていきますね』

上から下りてくる最中も、ぼやけてはっきりと見えなかった巨大な橋の姿。

それが徐々にだが鮮明に見えてきているのは、ただ単に近づいているからじゃなく、セーニャが近寄るほどもやが晴れていっているおかげだと気がついた。

『元々我の魔力が溢れてできたものじゃからの。我が近寄ると呼応して変化するようじゃ。理屈はわからんがの』

それと共にもやの中で蠢き飛び回っていた魔獣たちもどこかへ飛び去っていく。

果たしてそれは魔力の塊であるもやを追いかけてなのか、セーニャが近寄ってくるのを察して逃げたのか。

『さてそろそろ到着じゃ。少し速度を上げるぞ』

セーニャはそう言うと天に向かって一気に速度を増していく。

今の姿を遠くから見たなら、きっとセーニャの姿はとても美しかったに違いない。

だけど、今僕たちは背中に取りつけられた鞍と帯を必死に掴んで加速に耐えることで精一杯だった。

あたりにかかっていたもやが晴れ、空からの光に照らし出された巨大な橋に、僕らはどんどん斜め下方向から近づいていく。

さすがにここまで来ると橋の造形がよくわかった。

それは橋というにはあまりにも大雑把(おおざっぱ)で、僕が知っている範囲で言えば、ドワーフが使う建築資材『コンタル』だけで雑に固められ、整えられてもいないようなものだ。

石を繋ぎ合わせたわけでもないので、繋ぎ目は一切見当たらない。『コンタル橋』とでも言うべき代物だ。

幅(はば)は大人が手を広げた状態で十人ほど並べるくらい広いが、左右の端の方は少し盛り上がりがある程度で手すりがあるわけでもない。

端に寄りすぎると、簡単に大渓谷の底まで落ちてしまうだろう。

『ふむ、思ったより歪(ゆが)んでおるな。まぁあの頃は我も溢れ出る魔力の制御が上手(うま)くいってなかったから仕方あるまいよ』

橋は、なぜか大渓谷の中央から見てデゼルト側は、崖の上から五階建ての建物くらい下がった位置から始まっているのに、対岸はきっちりと渓谷の上部に繋がっていて、緩やかな滑(すべ)り台のような状態になっている。

本来なら岸と岸を一直線で平行に結ぶはずの橋を作る予定だったらしく、セーニャはその不出来(ふでき)さに少し不満のようである。

結果的にその失敗した形状のおかげで、エルフの森の間を流れてきた川の水が対岸へ届くこととなり、結果的にオアシスの水源になったわけだが。

けれどもそもそもセーニャがこの大渓谷を作らなければ水の苦労をすることもなかったわけで、誰に感謝してよいのやらといった気持ちではある。

橋の下側でしばらく全容を眺めたあと、セーニャは大橋にゆっくり近づき、ぐるりとその上に回り込む。

僕は橋の上で滞空するセーニャの背から前を覗き見た。

ヒューレやドワーフたちから聞いたままの大岩が、対岸から流れてきている水に打たれながらそこに鎮座していた。

ごうごうという水のはじける激しい音が耳を打つ。

『あれがお主の言っていた石ころか。はてこの感覚は……』

僕らを乗せたセーニャがゆっくりと大岩に近寄りながらそんなことを呟く。

やはり彼女は何かを知っているのだろうか。

『実物を見るのは僕も初めてなのでよくわかりませんけど、岩というより何か丸い玉みたいに見えますすね』

大きな水音のせいで肉声だと声がかき消されてしまうので、念話でセーニャにそう伝える。

実際その大岩は岩というには表面がやけに綺麗で、ゴツゴツした部分も見えない。

だが真円かというとそうではなく、少し潰れた楕円形である。

もしかしたら水に表面を削られたのかもと思ったが、ヒューレの魔法すらはじいた岩が、そんなことで削られるとは思えない。

『今にもこちらに向かって転がってきそうですね、坊ちゃん』

『むしろあの形でどうして傾斜のある橋を転がっていかないのかが謎なくらいだよ』

楕円であろうと真円であろうと、なめらかな形をしているなら、傾斜がついたこの橋の上を転がってもおかしくない。

まぁ、転がっていったとしても、そのまま下にでも落ちてくれない限りは結局、今度はデゼルト側の地下水脈へ続く入り口が塞がれるだけではあるのだが。

『やはりこの感覚は……アレはもしかするとアレかもしれん』

『何か思い出したのですか、セーニャ様』

『うむ。とりあえずアレをどかすか』

セーニャはそう告げると水しぶきを上げる大岩へゆっくりと近づいていく。

大きい。

セーニャの胴体も橋の幅半分くらいの大きさはあるのだが、そんなセーニャと比べてもかなりのサイズだ。

それほど巨大なものを彼女は石ころだと言う。

神に近しい力を持っていたという彼女と僕たちとでは感覚が違うのだろう。

『やはりそうじゃったか。山の方に捨てたつもりだったのじゃが流されてきおったんじゃな』

『流されて？』

『まぁ少し待つがよい。話はあとじゃ』

僕の質問を遮ると、セーニャは細長い胴体から生えている小さな前足の爪をガバッと大きく開く。

そして前足を大岩に伸ばした。

そのまま掴み上げるつもりなのだろうか。

しかし大きさからしてもセーニャの前足では大岩を掴むことはできないように思える。

『せっかく放出したものじゃが仕方ない』

セーニャの思念が流れてきたかと思うと、僕の目の前で予想外の出来事が起こった。

巨大な大岩が、まるで彼女の前足に吸い込まれるようにして消えてしまったのである。

それと同時に、今までその大岩によってせき止められていた水の流れが開放され、僕たちの下を轟音(ごうおん)を立て一気に流れていく。

これで地下水脈もオアシスの泉も復活するはずだが……

それより僕は、今目の前で起こった現象の方に心が奪われてしまっていた。

『セーニャ様。今、一体何をしたんですか』

『私には大岩がセーニャ様の前足に吸い込まれていったように見えました。私の目の錯覚でしょうか、シアン様？』

『僕も同じ光景が見えたよ』

僕らはお互いに見間違いではないことを確認し合った。

すると、セーニャの念話が届く。

『なあに、かつて我が吐き捨てた龍玉を吸収して体内に戻しただけじゃ』

『龍玉ですか』

『東方の民がそう呼んでおったから、我もそう呼んでおるだけじゃがな。彼らは龍玉をなんでも願いが叶う玉だと勘違いしておったが』

彼女はそう言ってからから笑う。

『我ら龍人が民から信仰され、その力を処理できずに魔力が溢れ暴走したことは話したじゃろ？』

『ええ、その力から逃げるためにセーニャ様がこの地へやってきて大渓谷を作ることになったと』

民の信仰心が届かないほど遠く離れなければ、彼女も最後には暴走し、命を失っていた。

『どうして暴走するまで我らは体内に魔力を溜め込んだと思う？』

それは……確かになぜだろう。

『それほど民からの信仰心が強かったから……でしょうか?』

『違うな。我ら龍人はお主のように民から集められた信仰心。つまり魔力を上手く使いこなす術を持たなかったのじゃ』

『僕の【コップ】で言う幸福ポイントや、セーニャ様がおっしゃっていた崇拝値みたいなものを消費する手段がなかったということですか?』

『そうじゃ』

　セーニャは語る。

　元々龍人は強い魔力を持つ種族だった。

　強大な天変地異を起こせるほどではなかったが、自らが生み出す魔力ですら持て余すほどの種族であった。

『実はのう。我ら龍人が体内に溜まった魔力を放出する方法が一つだけ存在したのじゃ。それがあの龍玉でな』

　セーニャ曰く、龍人は溢れ出た魔力を、体内であのように玉の形に固めることができるのだという。

　本来はそれを定期的に作り出して体外へ放出することにより体内の魔力量を安定させ、暴走を防いでいた。

『東方の者を我らが手助けすればするほど、我らに与えられる力が増えていった。やがて龍玉を作り体外に魔力を放出しても間に合わなくなってしもうたのじゃ』

龍玉は東方の人たちの間で、神の力を秘めし秘宝と言われていたらしい。

『言うなればあれは力の結晶ゆえな。ただの人が手にすれば、常人以上の力を使うことができたわけじゃ。といっても人の器では使える力はたかが知れておるがの』

彼女はこの地に墜落する時、ここまでの旅路の間に練り上げてきたその龍玉をいくつか吐き捨てて体内で暴れる魔力をできる限り治めることができたのだという。

その時に吐き出した龍玉のうちの一つ。

それがどういうわけか長い年月をかけて川に転がり落ち、ここまで流されてきたのではないかと彼女は推測を語った。

『龍玉は見かけと違って軽いからのう。たぶん東方の昔話に出てくる桃のようにどんぶらこどんぶらこと流されてきたんじゃろう』

『そんなに軽いのになぜ橋の上で微動だにせず止まっていたのですか？　それなら普通そのまま流されますよね？』

『どうやら落ちた勢いで橋に突き刺さっておったようじゃな。本来なら我の力で作った橋に傷をつけるなど無理なはずじゃが、龍玉も元々我の力の塊じゃから変に融合してしまったらしい』

ええ……そんなことあるのか。

と思ったが、実際現象として龍玉は橋を塞いでいたのだから納得するしかない。

セーニャは突然前足に人の頭ほどの玉を作り出し、背中の僕に向けて放り投げた。

『ほれ。ちょいと小さめにしてやったが、これが龍玉じゃ』

僕は慌てて龍玉を抱きとめるように受け取る。

取り落としそうになったものの、なんとか手の中に収まった龍玉は確かに見かけに比べて軽く、僕でも簡単に持ち上げることができた。

大きさこそ違うが、その丸みは確かに先ほど見た大岩の形に似ている。

『どうじゃ。我が言うのもなんじゃが、結構綺麗じゃろ』

『これが龍玉ですか』

僕は腕の中の龍玉を両手で持ち上げ、陽にかざしてみた。

美しく透明な玉の中で何かが渦巻いて、うっすらと美しい黄金の光を放っている。

龍玉の中で渦巻いている黄金の何かは魔力なのだろうか。

魔力は通常人の目には見えないが、大渓谷の上空を漂う霧のように、濃度が高まれば見えるということなのだろう。

『なるほどこの部分があの橋に……って、受け止め方が悪かったら危なかったじゃないですか！』

僕は持ち上げたその龍玉のてっぺんを指さしながらセーニャに非難の声を上げた。

なぜなら僕が受け取った龍玉の下方。

その部分が鋭利に尖っていたのだ。

つまり受け止め方を間違えれば、錐のように尖った先端が僕の手に突き刺さっていても
おかしくはなかったわけだ。

『大丈夫じゃ。そいつは形こそ本物と同じじゃが、少し加工してある。試しに先端を触っ
てみるがいいのじゃ』

『この尖ったところをですか？　痛そうですけど』

僕は返事をしながらそろりそろりと指を伸ばす。

ふにゃ。

指先が鋭利な先端に触れた途端、鋭い切っ先は僕の指に刺さることなく、逆にそのまま
僕の指がそれを押し込んでいくではないか。

予想外の感覚に慌てて指を離す。

ぷるんっ。

押し込まれていた先端部分が一気に元の長さまで復元すると、ぷるぷると少し震える。

『どうじゃ。それなら刺さらぬじゃろ』

『ええ、まぁ確かにこれなら当たったとしても大丈夫だったと思いますが』

そう答えながら、僕は柔らかな感触を確かめるようにぷにぷにと何度も先端を押しては

戻しを繰り返していた。

隣からエンティア先生が『わ、私にもやらせてください』と手を伸ばしてきたので、とりあえず僕は龍玉を先生に手渡した。

しかし、あの感触は癖になりそうだ。

実物は見たことがないが、書物で読んだ『スライム』とかいうぶよぶよしているらしい魔物も、感触はこんな感じなのだろうか。

『じゃがな。それは今我が加工したからそうなっているのであって、先ほどの龍玉はそんなに柔らかいものではなかったのじゃ』

『ということはもしかして、突き刺さっていたというのは』

『うむ。そのツンツンの部分が橋に刺さっておった。川を流れてる間は大丈夫じゃったのじゃろうが、橋の上に落ちた勢いで突き刺さったのじゃろうな』

なんということだろう。

結論から言えば、領地への水の供給が止められたのは大渓谷の主の怒りに触れたからではなかった。

それだけでなく、大渓谷の開発を強行した王国のせいですらなかった。

『我がそんな回りくどいことをするわけなかろう』

僕の考えていたことを話すと、セーニャは呆れたような口調でそう答えながら、体を揺らしてカラカラと笑い声を上げた。

確かにここまで聞かされてきた彼女の言葉が真実であるとするなら、たかだか一国の力なんて気にすることもないのだろう。

もしかしたら王国の大渓谷開発も、もっと慎重に行っていればセーニャの怒りを買うこともなく成功を収めていたかもしれない。

その先で別の問題が起こった可能性は否定できないが。

僕は大きく揺れる彼女の背中で、必死に帯を握りしめ振り落とされないようにしながらそんなことを考えていた。

「この龍玉だけは離しませんよ‼　あぁぷにぷに気持ちいいっ」

隣から聞こえるそんな声については聞かなかったことにしつつ。

「セーニャ様、ありがとうございます。これで我がエリモス領の民も水不足から救われることでしょう」
僕らは大橋を離れ、元の神殿まで戻ってきていた。
裏庭に下り立つと、下りてくる姿を見かけたらしいタッシュとスタブル、そして子供たちが待ち構えていて僕たちがセーニャの背中から下りるのを手伝ってくれた。

「おかえり。空の旅はどうだった？」

タッシュがニヤニヤ笑顔で近寄ってくる。

彼はきっと、セーニャがあの壁際ギリギリを飛ぶコースを使うことを知っていたに違いない。

「楽しかったですよ」

素直に怖かったと言うと彼を喜ばせそうなので、僕は笑顔でそう返した。

確かに最初は怖かったが、帰る頃になるとすっかり慣れて、恐怖はほとんど感じなくなっていたのも確かなので嘘ではない。

「ほう。俺はてっきり怖くてちびってすぐに帰ってくるかと思ってたんだがな」

そう言ってがっはっはと豪快に笑うタッシュ。

その後ろではスタブルがシーヴァと一緒になってセーニャの背中から鞍を取り外している姿が見える。

「タッシュさんはあっちを手伝わなくていいんですか？」

「ああ？　まぁな。俺はちょいとああいう作業は苦手でな、スタブルから近寄るなって言われてんだよ」

近寄るなと言われるほどって、どれだけ苦手なんだろうか。

そう思いながら僕は視線をスタブルから別方向へ移動させる。

そこでは大事そうに龍玉を抱えたエンティア先生と、その体に群がるドワーフの子供たちの姿があった。

どうやらあの不思議な輝きを放つ球と、その頂きにあるぷにょぷにょしたトゲが子供たちの琴線に触れたようで。

「君たち、危険だからあまり触らないように」

「えーっ、ケチ！」

「独り占めする気だー！」

「無理やりにでもうばいとる！」

「かかれーっ‼」

ディーヴァ少年の号令と同時に、彼と、女の子のティクルと生まれたばかりのダイヤ、三人の子供たちが左右からエンティア先生に襲いかかった。

よちよち歩きでダイヤが先生の足を掴み、ディーヴァは背中から先生を羽交い締めにする。

「なっ、離しなさい！　って、引き離せないっ。子供なのになんて力なの！」

子供とはいえさすがドワーフ族だ。

必死に暴れるがエンティア先生はまったく子供たちを引き剥がせないでいる。

「もーらいっ」

そして最後の一人であるティクルが、抵抗できなくなったエンティア先生の手から龍玉を奪い去ると、そのまま子供広場に繋がっているらしい方向へ駆けていく。

ディーヴァも素早くエンティア先生の拘束を解くと、足下のダイヤを拾い上げてそのあとを追って逃げていった。

「ま、待ってぇ。私の龍玉を返してぇ‼」

あっという間の出来事に、後に残されたエンティア先生がその場に崩れ落ちる。

別に普通に持つ分には危険はないらしいから、素直に触らせてあげていれば無理やり奪われることにはならなかったろうに。

それにいつの間にあの龍玉はエンティア先生のものになったのか。

呆れていると、変身を解いたセーニャが僕らの方へ歩いてきた。

いや、龍の方が真の姿なのだとすれば、むしろ今のセーニャの姿の方が変身後ということになるんだよな。

龍人の生態というものはよくわからないが、あまり細かいことを考えても仕方ないか。

セーニャの後ろには、頭の上にシーヴァを載せたスタブルもやってきていた。

「あとで子供たち用にまん丸の模造品でも作ってやろうかのう」

先ほどの騒ぎを見ていたのであろう。彼女はそう言いながら微笑んだ。

その顔を見ると彼女は本当に子供が好きなのだと感じることができて、僕も自然と笑顔になってしまう。

エンティア先生はさめざめ泣いているが、自業自得だ。

「セーニャ様。もう一度改めてお礼を申し上げます。ありがとうございました」

僕が頭を下げると、彼女は少しばつの悪そうな顔になった。

「礼を言われるようなことじゃないのじゃ」

すると、シーヴァがスタブルの頭から飛び下りて言う。

「そうじゃそうじゃー。そもそも母上の不法投棄が原因なのじゃし、反省するのは母上の方じゃぞー」

シーヴァはふよふよと宙を浮いて、セーニャの頭の上をぐるぐる回り始めた。

何度叱られてもこいつの性格は直らないようだ。

というか不法も何も、どんな法律に違反しているのだろうか。

もしかしてエルフの森あたりに『龍玉を捨ててはいけません』という掟でもあるのだろうか。

そんなどうでもいいことを考えていた刹那。

がしっ。

目にもとまらぬ速さでセーニャの右手が動き、シーヴァの首根っこを掴んだ。

そしてひょいっと軽い調子でシーヴァを投げる。

「ぬわあああああああああああああああーっ」

シーヴァは叫びながら大渓谷の遥か上空へ飛んでいき、その叫びもやがて聞こえなくなった。

「すまなかったのじゃ」

しばらくして、空を見上げていた僕にセーニャはそう言って頭を下げる。

「あやつのふざけた態度は気に食わんが、言っていたことはその通り。かの地に住まう民に迷惑をかけたのも、そもそも我自身の責任じゃ」

その謝罪にどう返したらいいのかわからないまま立ち尽くしていると、後ろから思いっきり背中を叩かれた。

思わずつんのめった僕が振り返って、誰が背中を叩いたのかを確認すると、タッシュの仕業だった。

彼はたぶんかなり手加減してくれたのだと思うが、それでも結構強い力だった。

「なんのことかわからんが、結局問題は解決したんだろ？　それならそれでもういいじゃねぇか」

「じゃがのぅ」

正直僕もタッシュと同じ意見だが、セーニャはまだ気にしているらしい。

「主様も妙なところで律儀というか気弱というか。まぁそこが可愛いんだけどよ」

「何を言う。我はこう見えてもお主の何十倍も年上じゃぞ」

「な、坊ちゃん。こうやって歳をサバ読むくらいにはまだ乙女なんだ。本当は何十倍で済むわけが――」

「ぐぬぬ。タッシュ、それ以上余計なことを言うと我の知る限りの黒歴史をみんなに吹聴して回ることになるぞ」

「げっ、謝るからそれだけは勘弁してくれっ。この通りだ」

慌てて地面に座り頭を下げ出すタッシュ。

サバを読むと言っても、セーニャの場合は桁が違うのじゃなかろうか。

でもそんなことを口にしたら僕まで彼女の機嫌を損ねそうなので、曖昧な笑みを浮かべるしかなかった。

「なんじゃ。もう帰るのか?」
応接室に戻った僕らは、そろそろドワーフたちが村に戻ってくると言うので一旦神殿をおいとますることを彼女に告げた。
僕はこの地に明日まで滞在することになっている。

そして明後日にはエンティア先生とスタブルを置いて先に町へ帰る予定だ。

あまり長い間領地を留守にしているわけにはいかないのもあるが、元々タッシュたちがこの地に戻ってきたのは、ビアードさんに頼まれて町で使うのに必要な工具や鉱石を一時的に取りに来ただけだからである。用が済んだら早めに帰らないといけない。

一方エンティア先生とスタブルは、諸々の後処理とデゼルトとの交易の準備のために村に残ることになる。

エンティア先生が残る理由はそれだけでなく、珍しいドワーフの村を色々調査したいという自身の願望のためでもあるのだが。

「領地に帰る前に一度また顔を出しますよ。あっそうだ」

僕は当初、交渉材料の一つとして考えていた事柄を思い出してセーニャに告げる。

「セーニャ様。よろしければ僕の力で増やしてほしいものはございませんか？」

「お主の再創造する者の力でか？　確か液体か泥状のものしか複製できないのじゃったな」

「まだ今のところは固体のものは無理ですね。先代のように無から創造する力もないので、まずは複製するものを一度この【コップ】に入れないといけませんから」

【コップ】を出現させてセーニャに見せつつそう説明すると、彼女はそれを見つめながらしばし黙り込む。

場合によっては彼女のために『神コップ』を作り出して置いていってもかまわない。

「そうじゃな。では我が東方の国より持ってきたこの『酒』を複製してもらおうかの。ちびりちびりと飲んでおったのじゃが、さすがにもう残りが心許なくて困っておったのじゃ」

彼女はどこからか取り出したのか、壺の口をすぼめたようなものを二つ並べて机の上に置く。

たぶんヒューレと同じように収納魔法を使えるのだろう。

「こっちに来る際、大量に貢がれたのを全て持ってきたのじゃが、もう残りはこの二つの徳利だけになってしもうたんじゃ。こっちが『獺今』でこっちが『村蔵』という。それぞれ製法が違う別の種類の酒なのじゃが……」

あの入れ物の名前は徳利というらしい。

東方のお酒の入れ物なのだろう。

ごくり。

セーニャの喉からよだれを飲み込む音がする。

どうやら龍人というのはかなりの酒好きらしく、その後セーニャは二種類のお酒の製法や味について熱く語りだしたのだが、僕は聞いたことのない言葉や材料の多さに目を白黒させてしまうだけだった。

エンティア先生も僕と同じかと思いきや、彼女の話を真面目に記録している様子。

彼女の学者魂に感心しつつも、一通りの話が終わった頃には僕はくたくたになってしまっていた。

僕は【コップ】から出したラファムの紅茶で一息入れたあと、『獺今』と『村蔵』をコピーした。そして再創造（リクリエイト）した二種類のお酒を、セーニャがどこからか取り出した酒樽数個に、全てがいっぱいになるまで注ぎ込む。彼女はお酒を入れている間、ずっと目を輝かせていた。

途中で我慢できなくなったセーニャが「自分専用の酒坏（さかずき）じゃ」と言って、木製の四角い箱のような容器を取り出して酒樽の酒を勝手に酌（く）んで飲み始める一幕も。

彼女のあまりに嬉しそうな顔と、首元にほんのりとピンクに光る逆鱗（げきりん）の美しさに見とれて、危（あや）うく酒樽から酒を溢れさせそうになったのは秘密だ。

一方、泣きやんだかと思えば興味津々な顔でセーニャの逆鱗を触ろうと手を伸ばしかけたエンティア先生は、タッシュに強制退場させられていった。

酒を注ぎ終え、僕は【コップ】をしまう。

「これでしばらくは大丈夫ですかね」

「うむ、思いっきり我慢すればしばらくは保つじゃろう」

「またなくなりそうになったらドワーフの誰かに取りに来させてください」

そう告げて、僕は神殿をあとにすることにした。

「また絶対に遊びに来るんじゃぞ」

「はい、もちろん」

その時、エンティア先生も戻ってきてセーニャに挨拶する。

「私はまだこの地にしばらく残りますので、数日中には再訪させていただきます」

これから僕たちは一旦ドワーフの村に戻り、タッシュたちの紹介で村長や村のドワーフたちと挨拶する予定になっている。

そしてビアードさんから頼まれたものが揃い次第、村をあとにして地上へ戻り、デルポーンと合流して帰路につく予定だ。

砂上馬蹄だけでなく、馬車も快適に行き来できるように道をきちんと整えれば、これから先はドワーフの村とデゼルトの交易はもっと楽になり、盛んになっていくだろう。

得た資源や品物は行商人のタージェルの商会を通して売る予定だ。

それは彼の商会が大きくなる手助けになるはず。

不毛の地と呼ばれた領地が、この先は王国内のどの土地よりも豊かになっていく。

そんな未来も近いのかもしれない。

もちろんそう簡単な話ではないし、色々な障害もあるだろうけれど。

「ん？　なんだ坊ちゃん。難しそうな顔をして。小便か？」

「違いますよ。まだまだ僕にはやることが一杯あるなと考えていただけです」

神殿からドワーフの村への帰路。

僕がエリモス領の未来のことを考えていると、タッシュが声をかけてきた。

「そんなことか。まぁ何をするも自由だが、何事も気楽にやった方がいいぞ。でないとハゲるらしいからな」

「ドワーフ族もハゲたりするんですか？　そんなに毛が多いのに？」

「おうハゲるぞ。うちの村長なんか頭はツルツルのツルッパゲだ」

タッシュはそう言いながら自分の頭を撫でるような仕草をする。

大量の毛こそがドワーフ族の最大の特徴の一つだと思っていたが、どうやら頭頂部だけは別らしい。

髪の悩みは種族共通ということか。

「まぁ、普段は常に帽子か兜をかぶってわからないようにしてるがな。俺はあれが蒸れるのが逆によくないんじゃねぇかと思ってるんだが」

「これから会うのに気になって頭にしか目が行かなくなったらどうしよう。あ、エンティア先生、絶対に見たいとか言わないでよね」

「非常に興味深いのですがダメでしょうか？　できれば育毛についての相談にも乗らせていただきますが」

「がっはっは、そりゃ村長も喜ぶだろうぜ」

タッシュが豪快に笑った。エンティア先生がマジメに育毛について語りだしたのがよほどツボに入ったのか、ずっと笑っている。

それまで領地の未来を考えていたはずだったのに、それ以降はいかにして髪の毛を増やすかの話をして村まで帰ることになった。

神殿を出て村の入り口まで戻ったところで僕はふと後ろを振り返る。

大渓谷の主であるセーニャが住む神殿。

僕が次にこの地を訪れることができるのはいつだろう。

半年後か一年後か……もしかするともっと先だろうか。

この時の僕は、まさかそれほど遠くない未来にまたこの地を訪れることになろうとは思いもしなかったのだった。

間章　主の居ぬ間に

「はぁ……シアン様はまだお戻りにならないのかしら」

シアンの元婚約者、ヘレン＝ファリソンは、あてがわれた客室の窓から外を眺めつつため息をついた。

家を捨ててまでシアンを追いかけて、遠路はるばるやってきたデゼルトの町。

ようやくたどり着いたと思ったら、シアンがいるはずの屋敷に彼はいなかった。

「無事だとよろしいのですけど。心配ですわ」

王国の民なら誰もが知っている、凶悪な魔獣が棲むという大渓谷。

そこにシアンが向かったと聞いた時、ヘレンは目の前が真っ暗になり、そのまま倒れてしまったのだ。

慣れない長旅の疲れも重なっていたのだろうと、目が覚めた時メディアという女医に告げられたヘレンは、改めて自分の体の疲れを自覚した。

「ずっと旅の間は気が張ってて疲れも感じられてなかったんだろうね。まぁ今日一日はゆっくり体を休めるさね」

そう告げて医務室を出て行くメディア。

少しばかり変わった名医が家臣にいると、昔もらったシアンからの手紙に書かれていたのを思い出す。

間違いなくそれは彼女のことだろう。

「それはそれとして、メディアの後ろにずっとついていたアレは一体なんだったのかしら」

メディアの後ろをついて歩く不可思議な植物型の生き物。

その生き物はなんなのかをメディアに尋ね損ねた。

今度会った時にでも聞こう、とヘレンは思った。

「謎と言えばモーティナさんですわね。一体どこで何をしていらっしゃるのかしら」

大エルフのモーティナと、箱入りお嬢様のヘレンはデゼルトの町の入り口までは一緒だった。

旅慣れている上に、強力な魔法を使うことができる彼女の助力がなければ、とっくの昔にヘレンは人攫(ひとさら)いにでも連れ去られていたに違いない。

そんな彼女は、デゼルトの町に入る直前に急に不可解(ふかかい)な行動を取った。

突然行商人のタージェルに馬車を止めさせると、モーティナは自分の存在を全員に口外しないようにと頼み込んでから、一人どこかへ姿をくらましたのだ。

「ちょいとあたしはここで降ろさせてもらうよ。タージェルさん、この子をシアンのところまでお願いするよ」

「わかりました。ですがあなた様はシアン様にお会いにならないのですか？　シアン様のお師匠様なのですよね？」

「あの子に会う前にちょいとやることがあってね。それが終わったら顔を見せに行くよ。あと、くれぐれも――」

「わかってます。私も息子もあなたのことは口にしませんよ」

「ヘレンもいいかい？」

「ええ、それはかまいませんが……一体なぜモーティナさんのことを内緒にしなくてはいけませんの？」

「それはねぇ……」

モーティナは少し考える素振りを見せたあと、そっとヘレンの耳元に口を寄せ、囁くような声で告げる。

「ほら、あたしはバードライ家の者にとってはただの不法侵入者だからさ。シアン以外にはちょいとね」

「確かにそうかもしれませんが、シアン様にまで内緒だなんて。シアン様とバードライ家はもうほとんど関係がないのですよ？」

「あとさ、シアンの前に突然現れて驚かせてやりたいからね。あたしがそういうのが大好きなのは知っているだろ？」

このデゼルトまでの旅の途中で、ヘレナは何度かモーティナにドッキリ的ないたずらを仕掛けられていた。

だからそんな彼女の言葉に、呆れ半分ではあったものの、その時のヘレンは納得してしまったのだ。

慣れない旅で精神的に折れそうになった時に、モーティナのその戯れが救いになっていたのも確かである。

きっと不毛の地での領地経営に疲れ切っているであろうシアンのために、彼女は何かをやるつもりなのだ。

そうに違いない。

ヘレンはそう解釈すると、そのままモーティナを見送った。

「なのに当のシアン様はいらっしゃらないし。モーティナさんもあれ以来一度もお顔を見せてもくれませんし」

ヘレンはもう一度大きくため息をつくと、窓の縁に頬をつけるように首をコテンと倒しながら領主館の入り口の門を見つめる。

どれだけ見つめても未だそこからシアンが帰ってくることはない。

この屋敷についてもうすぐ五日になろうとしていた。

その間、この屋敷の門からはシアン以外の人々がたくさん出入りしているのを眺めている。

そのほとんどが下にあるデゼルトの町の住民たちであることに、最初ヘレンは驚きを隠せなかった。

「私の知る限り、貴族の屋敷に平民がこれほどまで自由に出入りするところなんて見たことありませんわ」

「左様でございますね。しかしそれもこれもシアン様自ら望まれたこと」

「あのお方らしいですわね」

この地にやってきてからヘレンの世話役となっているメイドのラファムと、ヘレンは時折そうしてシアンのことについて話をした。

ヘレンはラファムと違い、シアン本人と実際に会ったことはあまりなかった。

だが、社交パーティなどで出会うわずかばかりの時間と、交わした数多くの手紙で彼女はシアンという人物を理解していた。

「皆さん楽しそうにしてますわね」

屋敷に出入りするのは主に町の大工たちであった。

今でこそそれなりに見えるこの屋敷だったが、シアンが到着した当初はかなり傷んでいて、ほとんど人が住めるような状態ではなかったという。

　それを短期間でここまで修理できたのは、王国でも名の通った名工ルゴスの指揮の下、デゼルトの町の大工とその見習いたちが誠心誠意頑張ったおかげである。

「就任初日に民の心を掴むなんて、私にはとても……いえ、他の誰にも簡単にできることではないでしょうね」

「その代わり命を落としかけました。家臣一同、もう二度とあのような無茶はなされぬよう願うばかりでございます」

「それでもあの人は必要であれば自分の命をかけるかもしれませんわね」

「そんな日が来ないことを祈ります」

　そう語るラファムは無表情ながら、瞳には憂いの色が浮かんでいた。

　その目には家臣という立場以上にシアンに対する想いが込められているように感じて、ヘレンは少しだけ嫉妬を感じる。

「あら。またあの子」

　窓の外。

　屋敷の門から一人の少女が中を覗き込んでいるのが目に入った。

　ヘレンが嫉妬心を抱いた相手はラファムだけではない。

　いや、むしろラファムに対しては臣下の情のうちであると思い込もうとしてた。

だが、今屋敷の門のところで中を覗き込んでいる少女は……

「バタラ……さんでしたっけ」

「ええ、シアン様が大変お世話になられているお嬢様でございます。シアン坊ちゃまが帰ってきたかどうか気になっていらっしゃったのでしょうね」

「でもあの子、毎日来てますわよね」

「そうですね。坊ちゃまが帰ってこられましたら連絡するとは伝えてあるのですが」

シアンがこの町に来てから行った様々な事柄を彼の家臣たちから聞くと、何度もバタラという名前の少女が出てくる。

みんなが語るその言葉の端々から感じる、シアンとバタラの関係にもやもやしたヘレンだったが、シアンが帰ってきて直接話を聞くまでは気にするまい、と今まで抑えつけてきた。

だが、それももう限界であった。

「ラファムさん」

「はい、なんでしょうかお嬢様」

「あのバタラという娘とお話がしたいのですが、呼んできていただけます？」

ずっともやもやした気持ちを持ち続けて悩むより、自分から動いて真実を知るべきだ。

王都から飛び出す決意をした時にそう心に決めたのを思い出したヘレンは、ラファムにそう告げると窓際を離れ、クローゼットの前に歩み寄る。

「わかりました。ですがお着替えの手伝いはしなくてもよろしいので？」

「それくらいはもう自分でできるようになりましたの。さぁ、あの娘が帰ってしまう前に急いでくださいまし」

ラファムにそう答えつつ、クローゼットを開く。

そこには数着の美しい衣装が並んでいた。

それらは貴族家から持ちだしたものではなく、この町に住むドワーフ族であるビアードの弟子の一人、ザワザが作ったものである。

「本当にこの町の人たちは一体何者なのでしょうね」

クローゼットの中から、なるべく地味そうなものを手に取りながらヘレンは呟く。

それはとても数日で作り上げたものとは思えないほど精巧で美しく、王都の一流店の裁縫師に劣らない出来の服であった。

「さぁヘレン。勇気を出すのです」

彼女はクローゼットから取り出したその衣装を手にしながら、備えつけの鏡に向かって気合いを入れた。

未だに慣れないことに時間がかかりながらも、ヘレンが着替えを終え応接室に向かうと、既にバタラは先に到着していた。

健康的な褐色の肌と、スラッとした手足が目に飛び込んでくる。

外では日差しを避けるために、王都では見たことがない少し厚手の上着をかぶっていたバタラだったが、日差しの届かない室内ではそれを脱いでいる。

この地は建物の中にさえ入れば、大渓谷対岸のパハール山から吹き下ろしてくる風のおかげでそれなりに涼しい。

だがあくまでそれなりにであって、この地の者は基本的に日除けの上着以外は薄着だ。

男連中の中には町の外に出かける時以外は、上半身は肌着すら着ずに出歩いている者もいる。

この地にやってきてすぐの頃、ヘレンは半裸の大工たちが屋敷に突然やってきたのを見て驚いたものである。

ヘレンが部屋に入ると、ラファムと談笑していたバタラが彼女に向き直る。

「はじめましてヘレン様。私はバタラといいます」

「はじめましてでいいのかしらね。毎日窓からよくお顔は拝見させていただきましてよ。私の名前はラファムから？」

ヘレンの言葉に小さく頷いて返事をするバタラの顔には、少しだけ緊張が浮かんでいた。

それでも平民が貴族を前にしてその程度の緊張感で済んでいるというのは、王都では考えられないことである。

既にこの地が王国に見捨てられてそれなりの年月が経つ。

貴族と平民の格差など、彼女たち若い世代には実感がないのだろう。

――それともシアン様のせいなのかしらね。

ヘレンは誰にでも分け隔てなく接していたシアンの姿を思い出して少し笑みを浮かべる。

わずかばかりの邂逅。

そんな中でも、彼が見せた屋敷の平民上がりの使用人たちへの心遣いは今も忘れられない。

彼女が他の兄弟姉妹や貴族たちよりも平民や臣下に持つ偏見が少ないのは、そんなシアンの影響を受けたからなのだろう。

「それではお茶の準備をいたします」

ラファムが軽く礼をして部屋の隅に移動する。

そこには既に準備されていたのか、彼女が愛用している台車と、その上で薄らと湯気を立ち上らせているティーポットとティーカップが目に入った。

ヘレンも幼き日にシアンと共にラファムのお茶を飲んだことがある。

そのあとも貴族御用達とよばれる紅茶を何種類も口にしてきたが、あの味を超える紅茶には未だに出会ったことがない……いや、一度だけあった。

それは今どこで何をしているのかわからないモーティナが王都の喫茶店で飲ませてくれ

たあの紅茶だ。

路地裏の秘蔵の紅茶、是非ともシアン様にも飲んでいただきたいわね。

ヘレンはそんなことを考えながらゆっくりと椅子に腰を下ろすと、対面に同じように座ったバタラに目を向けた。

そしてバタラの引き締まったお腹を見てわずかばかりの敗北感。

もしかしてシアン様は彼女のような引き締まった体の女性が好みなのかしら。

思わず自らの体を見下ろしてみる。

ヘレンのお腹は別に出ているわけではない。

コルセットなどというものは旅の邪魔にしかならないために家に置いてきたが、それをつけなくても他家の令嬢や姉妹よりもむしろ細いと自負している。

だが対面のバタラはそれとはまた違って、細いだけではなく引き締まったお腹をしているのだ。

かといって筋肉が浮き出ているといったこともない。

「そのお腹、完璧ですわね」

「えっ？」

思わず呟いてしまった言葉にバタラが反応する。

そしてヘレンの目線が自分のお腹に向いているのに気がつくと、あわてて両手で自らのお腹を隠すように身をよじった。

「な、なんですかいきなり。私のお腹の何が――」

「私もシアン様を思って指導係の言いつけ通りに色々な運動はしておりましたが。どうすればあなたのように引き締まったお腹になるのでしょうか」

「ええっ……私は特に何も」

「いいえ、絶対に何か秘訣があるはずですわ。ですが今はその話はあとにしましょう。あとで絶対に聞き出させていただきますけれど」

ヘレンは少し前のめりになってバタラに迫っていたが、椅子に座り直すと落ち着きを取り戻すために深呼吸をした。

そしてそのタイミングを狙ったかのように、台車を転がしてラファムがやってくる。

「お茶の準備が整いました」

「ありがとうラファム。そうね、本題に入る前にまずはラファムの美味しい紅茶でもいただきましょうか」

未だにお腹を押さえて顔をわずかに紅潮させているバタラに、先ほどのテンションはなんだったのかと思えるほど落ち着いた声をかけるヘレン。

ラファムが美しい所作で紅茶を注ぐと、いい香りが部屋に漂った。

その香りに二人の頬が少し緩む。

「どうぞ」

「ありがとう、いただくわ」

「いつもありがとうございます、ラファムさん」

軽く礼をして部屋の隅に移動していくラファムを見送りながら、二人は紅茶に口をつける。

場に柔らかな空気が流れ、二人は無言で見つめ合った。

「あの……それで私に何か？」

突然呼び出され、連れてこられたバタラの疑問は当然である。

ヘレンは手に持っていたティーカップを机の上に戻すと、一呼吸置いて単刀直入に告げた。

「バタラさん。あなた、シアン様の第二夫人になる気はございまして？」

突然ヘレンから飛び出したその言葉に、バタラは飲みかけていた紅茶を噴き出し思いっきりむせてしまった。

咳き込む彼女をよそに、ヘレンはラファムに紅茶のお代わりを頼むと、バタラが落ち着くまでの間ゆっくりとその香りを楽しむ。

「ごほっ。ヘレン様、突然何を」

「もう一度お尋ねしますわ。あなたはシアン様のもとに嫁ぐ気持ちはございまして？」

「と、嫁ぐだなんて……私は平民ですし、その……領主様であるシアン様とは身分の差というか……」

わたわたと両手を顔の前で振りながら顔を真っ赤にして慌てるバタラと、その姿を冷静に眺めるヘレン。

年齢的には同じ程度だが、バードライ家に嫁ぐ予定で様々な準備をしてきたヘレンと、突然そんな話を持ちかけられたバタラの覚悟の差は大きい。

「身分の差とかそういうのはどうでもよろしくてよ。私もシアン様も既に国も家も捨てたような立場ですし」

「どうでもいいと言われても」

「私が聞きたいのはもっと単純なことですわ。あなたがシアン様と添い遂げたいのかそうでないか。それだけです」

ヘレンはそう告げると紅茶で乾いた唇を湿らせる。

平然と語っているようでいて、その実ヘレンも口が乾くほど緊張しているのだ。

「それは……考えたことがないといえば嘘になります」

無意識に両手の指を絡ませ、バタラは窓の外を見ながら呟く。

そして、両手の指をぎゅっと握りしめると、ヘレンに向き直って強い声音で答えた。

「ですが、シアン様は私ではなく今もヘレン様のことを想っていらっしゃいます。それが私にはわかるんです」

　意を決して発したその言葉。

　だがそれに対するヘレンの返事はただ一言。

「当たり前ですわ」

　きっぱり言い放ったその声にバタラは二の句が継げずに黙り込む。

「私とシアン様の積み重ねてきた月日は、たとえ手紙のやり取りが主だったとしてもそんな軽いものではございませんわ。私は今でもシアン様を愛し、そしてシアン様も私のことを愛してくださっていると確信しています。でなければ家を捨ててまで彼のもとに旅立とうと決意することはなかったでしょう」

　少し落ち込んだ表情でその言葉を聞くバタラに、少し自嘲気味な表情を浮かべたヘレンが言葉を続けた。

「ですが、私とシアンさまが実際にお目にかかり、会話した時間はほんのわずか。私もできることならあなたのように彼が苦難に陥った時、彼のそばで支えてあげたかった」

「私は……」

「彼が王都から出ていく時。今にも死んでしまいそうな、そんな表情をしていたらしいのです。ですが、私がこの地にやってきて幾人かの人々から聞いた彼の姿はむしろ王都にいた頃よりもお元気そうで、楽しそうで」

　両手で持ったティーカップの水面を見つめながらヘレンは語る。

「彼が立ち直るきっかけを作ってくれたのがあなただと聞きました。そしてそのあともずっと彼を手伝い支えてくれたのも」

「そんな、それは偶然が重なっただけで」

「偶然などというものはこの世にはありません。あるのは運命だけなのですよ」

　シアンがこの地に飛ばされたのも、そしてこの地でたくさんの出会いと経験を得たのも。

　全てが運命だと彼女は言う。

「実のところ、私は第一夫人でも第二夫人でもかまわないのです。シアン様と共に生きていけるのであれば」

「えっ」

「ですが、この先この領地が大きくなっていけば、いずれ他の領主や王国の貴族たちと関わりを持ち、時に渡り合うことになるでしょう。その時に貴族の相手ができるのは私しかいません。貴族家の夫人にとって社交界は戦場です」

「戦場……」

「そしてその戦場に立つのは第一夫人となります。あなたではその戦場で戦えないでしょう」

　貴族家の娘として。

バードライ家に嫁ぐために様々なことを学んできたヘレンと違い、この辺境の町で自由奔放(ほんぽう)に暮らしてきたバタラには、貴族同士の付き合いなどというものは想像もつかない。

社交界は戦場。

その言葉にバタラは身震いをする。

「とてもではありませんが、私には無理だと思います……」

「私もそう思いました。ですので私はあえてあなたに『第二夫人にならないか』と告げたのです。矢面(やおもて)には私が立ちましょう」

自分の胸に手を当てて決意の言葉を放つヘレンは、続けてバタラの知らなかった事実を語り始める。

「そもそもシアン様ご自身、第二夫人の子として生まれました。残念ながらシアン様のお母様は彼が幼い頃お亡(な)くなりになったので私は面識(めんしき)がございませんが、とても聡明(そうめい)で優しいお方だったと聞いておりますわ」

「シアン様……そんな話は一度も……」

「あなたに妙な気を使わせたくなかったのでしょう。それにシアン様はこの地にたどり着いた時に自らの過去を捨て、一からやり直すつもりだったのかもしれません」

悲しそうに呟くヘレン。

ヘレンは自らがシアンに送った手紙も、既にシアンが王都を発つ時に捨てられてしまったと思っていた。

「ヘレン様、バタラ様。そろそろ少し休憩なされてはいかがでしょうか。お二人ともかなりお疲れのご様子ですよ」

いつの間にか愛用の台車を転がしてやってきたラファムが、彼女にしては珍しく少し優しげな顔で言った。

ラファムは机の上に新たなティーセットと、見たこともないお菓子を並べ始める。

料理長ポーヴァルの最新作だと彼女は告げると、新しいティーカップにゆっくりと先ほどとは違うブレンドの紅茶を注ぐ。

部屋中に紅茶の優しい香りが広がった。

不思議と心が安らぐ。

そんな香りに惹かれ、ヘレンとバタラはティーカップに手を伸ばす。

そして示し合わせたわけでもないが、同時にティーカップに口をつけた。

「美味しい……なぜだか心の奥にすーっと染みこんでくるような味」

「この紅茶は秘蔵のブレンドなのです。なかなか材料が集まらないものなので、実はシアン様にも内緒にしているものなのですよ」

「そんな秘蔵の紅茶を私たちに？」

「必要かと思いまして」

そんな会話を続けるバタラとラファムの横で、一人ヘレンだけが驚いた表情で固まっていた。

「こ、この紅茶って。もしかして――」

ヘレンが口を開きかけたその時、彼女の背中に突然何か冷たいものが入り込むような感触がした。

「ひゃっ」

思わずおかしな悲鳴を上げたヘレンにラファムとバタラが振り向く。

ヘレンは二人に悲鳴の理由を説明しようとして……真正面にある窓の向こうに、いつの間にか現れていた人物と目が合った。

ラファムとバタラはヘレンの方に注目しているため、その人物には気づいていない。

「……」

「どうかしましたか？」

「い、いえ。なんでもございませんわ。少し紅茶をこぼしてしまって」

慌てて言いつくろうヘレンの目線の先。

そこでは、この町に入る前に別れたまま行方知れずだった大エルフのモーティナが、自分の口を指さして、次にその指で×印を作るという仕草を何度もしていたのであった。

◇　　◇　　◇

「一体どういうことですの？」

あのあと、バタラはヘレンの問いに対して「一旦返事を保留させてください」と言ってすぐに帰宅してしまった。

そしてヘレン自身も窓の外で謎の動きを見せるモーティナが気になってしまい、止めることをしなかった。

こうして、嫁候補二人の初めての話し合いはそのまま終了となったのだった。

バタラを見送ったあと、ヘレンは「一人になりたいの」とラファムに伝え、急いで部屋に戻り鍵を閉める。

それから、自らのベッドにぽすんと腰かけて窓の外を眺めた。

それを待っていたかのように、窓が音も立てずゆっくりと開く。

そして開いた隙間から一人の女性が、ヘレンの部屋の中へ入ってきた。

「まったく。突然人の背中に氷を放り込むなんて、あなたは何を考えていますの？」

ヘレンは心底呆れたような声音で女性にそう言った。

その女性――モーティナは笑みを浮かべつつ答える。

「ごめんよ。ああでもしないとあたしのことを喋られちまうって思ってさ」

「それにしてもですわ。私、あの子たちに変な目で見られましてよ」

「他にもヘレンの口を凍らせて開かないようにするって方法も考えたんだけど」

「……背中に氷の方でよかったですわ」

口を凍らせられてはたまらない、と身震いするヘレンの対面に、モーティナは部屋に備えつけられているテーブルセットの椅子を引きずってきて座る。

そして何か言いかけて口ごもるという態度を数度続けたあと——

「シアンにも言ったことはないんだけど、あんたにだけは話しておこうと思ってね」

「それはあの紅茶のことですか？」

「そうだね。それもある」

「あのお茶はラファムにとって特別なお茶らしいですが、あなたが彼女に教えたのですか？」

王都でモーティナに連れられて行った喫茶店。

そこで彼女が店主に教えたという秘蔵の紅茶。

それと同じブレンドとしか思えない紅茶をラファムは知っていた。

「ああ、その通りだよ。あれはあの子がメイド学校に入る前のことだったかね」

「あの子？　ラファムのことですの？」

「そうだよ。あの子は私の娘なのさ」

「なんですって！　でもあの子はエルフには見えませんわよ。確かに容姿は整っていますけれども、それ以外は普通の人間とほとんど変わっているようにはみえませんわ」

ヘレンはいつもの無表情でどこか冷たい雰囲気を漂わせるラファムの顔を思い浮かべながら反論する。

「それはあの子が人の血を色濃く継いだせいだろうね」

「ということは彼女はハーフエルフ……なのですか？」

「あたしと人間の旦那との間にできた子だからその通りさ。でも外見的にはエルフらしい特徴はあまり持ってない。魔力と魔法操作に関しては、大エルフには敵わないまでも普通の人よりよほど強いはずなんだけど」

「ラファムが魔法を使っているところなんて見たことはありませんわね」

いや、もしかしたらと思う部分はある。

あの人間離れした素早い動き。

いつの間にか用意されているティーセットの存在。

それらは全て彼女が魔法を使って行っていることだとしたら納得できる。

「本当なら人の国を離れてエルフの里で暮らしてもらいたかったんだけど、あの子は一体誰に似たのか頑固でね。知らないうちにメイド学校なんかに入っちゃっててさ。そのこと と、父親が家を出ていったことも重なって些細な口論が大喧嘩にまでなってしまってね」

「それでコソコソと様子を見にバードライ家に侵入したり、ここでも外から覗いたりしていたんですか。そこまでするくらいなら素直に謝ってしまえばいいのでは？」

「売り言葉に買い言葉でね。旦那を、彼女の父親を見つけ出すまであの子にはもう会わないって約束までしちゃってさ」

彼女の旦那。

つまりラファムの父親は、ある日突然「女神からの啓示（けいじ）を受けた」と言って彼女たちを残して旅立っていったのだそうだ。

元々彼は貴族の跡継（あとつ）ぎとして何不自由ない暮らしを送っていたが、とある事情でその家にいられなくなった。

王都の酒場で落ち込んでいた彼を、偶然見かけたモーティナが一目惚（ひとめぼ）れしたのだという。

「彼の家は体面を気にしてか、彼が一生暮らしても余るほどの金銭（きんせん）を渡して放逐（ほうちく）したらしいのだけどね」

その後、二人は王都から少し離れた地で静かに暮らし始めた。

そして年月が経ち、彼女と彼の間に子供ができた。

それがラファムだ。

「子育てってのは二人だけでどうこうできるものじゃなかったからね。旦那のツテを使って王都に戻ってラファムを育てたのさ」

放逐されたといってもラファムの父親は不思議と貴族としてのコネを使えたらしい。

それを駆使してモーティナたちはラファムを王都の上級学校に入学させた。

入学試験を突破したのはラファムの実力ではあったのだが、貴族の子息も通う上級学校に入学するには頭のよさだけでは本来入ることはできないのである。

「ラファムが言うにはそこで尊敬する先生に会ったらしいんだよね。それが……」

「もしかしてシアン様の？」

「おや、知っているのかい」

シアンの母であるバードライ家第二夫人は、元々はバードライ家でメイドをしていたと聞く。

そこで当主に見初められ第二夫人となった。

王国では第一夫人には貴族の格が求められるが、第二夫人以降についてはそれほど家の力は求められない傾向がある。

ヘレンがバタラを第二夫人に推した理由もそこにある。

ラファムが通う学校の卒業生であったシアンの母は、卒業後も時間を見つけては後輩たちの面倒を見に学校へやってきていたらしい。

「それでラファムはメイドという職業に興味を持ったらしいわ。いつか大貴族家のメイドになって彼女の専属メイドになるのだといつも口にしてたっけね」

やがてラファムがメイド学校を首席で卒業し、念願のバードドライ家のメイドとして採用された時、彼女が久々に再会した第二夫人はかつての明るく元気な姿は失われ、病魔をその身に宿し、いつその命の灯が消えてもおかしくない状態であったという。

「そんなことがあったのですか。あれ？　ということはラファムってあんなに若く見えますけど本当の年齢って……」

「そこだけはエルフの血が影響してるんだろうね。でもそれは逆に周りから奇異の目で見られる原因になる。だからエルフの里に連れて行きたかったんだけどね」

そう言って肩をすくめるモーティナは続けて予想外の言葉を放った。

「もうすぐ旦那がこの町に来るはずだから、一緒にもう一度説得してみようかね。まぁ無理だろうけど」

「えっ、旦那さんが見つかったのですか？　しかもこの町に来るってどういうことなのです？」

ヘレンが驚いてそう問いかけたのと同時であった。

バーンッ!!

鍵が閉まっていたはずの扉が、外からとんでもない勢いでぶち壊されたのである。

そしてそこから一人のメイド服を着た女性が部屋に飛び込んでくると、唖然としているモーティナに飛びかかった。

「母さん！　父さんが見つかったって本当なのですか⁉」

呆気に取られたモーティナと、ついでに突進の軌道上にいたヘレンは、飛び込んできたラファムを避けることも止めることもできず、一瞬にしてベッドの上に三人で転がった。

ヘレンのためにルゴスが「お嬢様ならコレくらいのベッドが必要だろ」と急遽こしらえたキングサイズのベッドでなければ、三人ともベッドを飛び越えて床に転がり落ちていたかもしれない。

「なっ、なんですの。何が起こったのですか！」

慌てふためきながらヘレンが身を起こすと、その横ではモーティナの上に馬乗りになったラファムが、いつもの冷静無表情はどこへやらといった顔で、モーティナの襟首を掴んで激しく揺さぶっている。

いわゆるマウントポジションというやつだが、当のモーティナは未だに状況が理解できていないのか、それとも思いっきり頭を揺さぶられているせいなのか目を白黒させていた。

「母さん！　なんとか言って‼」

「あばばば」

少し泡を吹きかけているモーティナの顔を見て、これは後者の可能性が高いと判断したヘレンは、慌ててラファムの腕に飛びつく。

「ラファム、落ち着いて！　少し落ち着いて！　それじゃあモーティナさんが答えようと

して も答えられないからっ」

「でもっ」

「ぶくぶくぶく」

ヘレンもお嬢様とはいえ立派な淑女になるため体も鍛えてきた。

そのため同年代の女性の中では決して非力ではないはずなのに、ラファムの腕はそんな彼女がめいっぱいの力で引っ張ってもびくともしない。

――これがハーフエルフの力なの？

そんな言葉が彼女の頭に浮かんだ時である。

ようやくラファムはモーティナの状態に気がつき、突然その力を緩めた。

そのせいで思いっきり後ろから引っぱっていたヘレンは後ろにのけぞり、彼女に掴まれていたラファム共々ベッドから転がり落ちる羽目になってしまった。

「いたたたたっ」

「ううっ。すみませんお嬢様。少し取り乱してしまいました」

「少しじゃないですわ」

ベッドの下から二人が起き上がる。

ベッドから落ちたことで、ラファムはやっと少し落ち着きを取り戻したようであった。

「げほっげほっ」

一方、突然娘に押し倒されて、頭を猛烈に揺すられたモーティナの方はベッドの上で思いっきり咳き込みながら目に涙を浮かべていた。

しばしの沈黙のあと、まず口を開いたのはモーティナの方だった。

「ラファム。あんた、いつからあたしのことに気がついてたんだい？」

「メイド学校の卒業前に、母さんが父さんを探しに行くと言って出ていくふりをしていた頃からですよ」

「……」

そしてまた沈黙。

「はぁ……毎度毎度あれだけじーっと見つめられ続ければ、視線を感じて気がつくに決まっているじゃないですか」

「でもそんな素振りは一度もなかったじゃないか」

「それはメイドの嗜みとして当然のことですから」

メイドの嗜みとは一体なんなのか。

そんな言葉が頭に浮かんだヘレンであったが、今はそれどころではないと思い直し、親子の会話に割り込む。

「ところでラファム。あなた盗み聞きしていましたわね」

「偶然前を通りかかったら母さんの声が聞こえてきて、勝手に耳に入っただけです」

「この部屋の防音は万全だとルゴスさんから聞いてますのよ」

「ではきっと彼の施工ミスでしょう。あとで調べさせて早めに直させますので、今しばらくご辛抱を」

ああ言えばこう言うというような問答がしばし続いたあと、ヘレンは追及を諦めて大きくため息をつく。

「もういいですわ。さて、そろそろモーティナさんも落ち着きましたか？」

「ああ、なんとか状況を呑み込めたよ。まったく、我が娘ながら乱暴者で困るね。一体誰に似たのやら」

やれやれと肩をすくめるモーティナに、二人が呆れたような声で同時に答える。

「母さんにでしょう」

「あなたにですわね」

ヘレンにしてみれば、今回の旅の道中で何度も女二人連れと油断して近寄ってきた輩を魔法と体術を駆使して撃退したモーティナの姿と、先ほどのラファムの動きは似たようなものだと感じていた。

「それでは父さんのことについてそろそろ話していただけますか？」

一転して真面目な表情を浮かべたラファムが、一歩ベッドに近づきながらモーティナにそう詰め寄る。

親子喧嘩などしている場合ではないということにやっと思い至ったのか、それともモーティナのペースに巻き込まれるのを嫌ったのか。

モーティナはそんな娘の目を見返すとため息をつく。

「やれやれ、せっかちだね。それも誰に似たんだか」

そして彼女は、小さく笑みを浮かべ答えた。

「王都を出る前に伝書バードで連絡しておいたからもうすぐやってくるはずさ。女神様から力を授かった導く者（ザ・コンダクター）である彼が新しい『民』を連れてね」

第四章　導く者と続く世界と

「町が見えたっす」

僕たちを先導するように先を歩いて砂丘を登っていった若いドワーフ族のティンが、大きな声でそう告げる。

彼のあとには、馬に乗った僕とデルポーンが続く。

そして最後にドワーフ族のタッシュが砂丘の頂上にたどり着いた。

スタブルとエンティア先生は、そのままドワーフの村に残っているのでここにはいない。

先生はドワーフの村と大渓谷の研究を続けるためとスタブルの手伝い。

スタブルはこれからのドワーフ村とデゼルトの町との取り引きについての準備を進めるためである。

もう一匹の同行者であったシーヴァは、途中までは一緒に帰ってきていたのだが、自らのダンジョンの様子を見に行くと言って少し前に別れたところだ。

大渓谷の主であり、彼の育ての母であるセーニャから何かもらったらしく、「これで我が迷宮は更に強固になるのじゃー」と口走っていた。

一体何をもらったのだろうか。

あまり強化されては町の人たちの狩猟場が危険な場所になってしまいそうで困るのだが、シーヴァ曰く上層には手は入れないから大丈夫らしい。

「なんだかこの前来た時より周りに緑が増えてるっすね」

ティンの言葉に、僕が答える。

「メディア先生がかなり張り切ってたからね」

「あの先生、俺たちがいない間に化け物共を増やしてねぇだろうな」

タッシュが身を震わせながら呟いた。

色々と魔植物にトラウマがあるのだろう。

「伝書バードで今日くらいに帰ることは伝えてあるし、魔植物たちにも伝わっているだろうと思いますけど」

すると、タッシュが言う。

「その伝書バードだけどよ。あの砦に向けてこの町から送れるようにできねぇかな？　いちいち毎回村まで誰かが出向いて連絡するのも面倒だしよ」

「砦にですか？　直接ドワーフの村まで届けさせれば……って、それは無理ですね」

「おうよ。あんな鳥なんざ、村にたどり着く前に大渓谷の上にいる魔獣の餌になっちまう」

「だとすると、あの砦をきちんと改修して誰か常時いられるようにしないといけませんね。あと鳥小屋も」

伝書バードは、鳥の帰巣本能を利用した通信手段である。

そのために一匹の鳥が往復できるわけではなく、ある意味一方通行な通信手段だ。

こちらから目的地へ送る伝書バードと、目的地からこちらへ返信するための伝書バード。最低でもその二匹が必要なのである。

「それじゃあ調教師も必要かなぁ。町にはいるはずだからバタラにでも頼んであとで屋敷に来てもらって、色々教わりましょう」

「うちの村にも調教師がいりゃいいんだけどよ。そういうことに関してはドワーフ族はてんで駄目だからな。鳥がいても最悪酒の肴にでもして食っちまいかねねぇ」

「鳥型魔獣の肉は美味しいっすからね」

僕とタッシュの会話に割り込んできたティンが、今にもよだれを垂らしそうな顔でそう言った。

その様子を見る限り、タッシュが言ったことはあながち冗談ではないということが僕にも理解できた。

「僕も鳥の肉は嫌いじゃないですけど、今のデゼルトで育てている鳥たちは卵を取るために育ててるので、まだ肉にするわけにはいかないんですよね。だから勝手に食べないでくださいね」

「わかってるっすよ。それじゃあそろそろ下りますか」

「そうだな。いつまでも丘の上で町を眺めていても仕方ねぇ」

ドワーフたちはそう言うと、それぞれしゃがみこんで砂上靴を変形させていく。

以前、同じように僕も砂上靴を履いて彼らの真似をして小さめの丘を滑り下りてみたのだが、これがなかなか難しく、何度も転んで砂まみれになって結局滑り下りるのは諦めたのだった。

「準備完了っす」

「それじゃ行くか。坊ちゃんたちはティンのあとに続いてくれ。俺が殿だ」

タッシュの言葉に僕とデルポーンは静かに頷くと、馬をゆっくりと移動させていく。

「それじゃあ先に行くっすよ」

まず先にティンが砂丘を滑り下りていく。

そのあとを追って、僕はデルポーンが砂の上を自由に走れるように訓練した馬で駆け下りていった。

どんどん近づいてくる町並みと、その前にある防砂林。

そこに蠢く魔植物の姿は今日は見当たらない。

「ジェイソンたちはいないみたいですね」

「そいつぁありがたいね。そもそも町の裏側をあんな化け物で守る必要はもうねぇだろうしな」

「でもたぶん畑の方には魔獣と害獣から作物を守るために何匹かいると思うので、注意してくださいね」

「ちっ、いい加減俺たちを外敵扱いしないように、メディア嬢ちゃんにはきっちり躾をしておいてもらいたいもんだぜ」

そんな会話をしながらも結構な勢いで丘を滑り下りた僕たちは、あっという間に防砂林までたどり着いた。

タッシュたちが砂上靴を通常歩行状態に切り替えるのを待って、今度は僕が先頭になって防砂林の間に作られた道を歩いて畑へ向かう。

畑に入ると、数匹の魔植物が僕たちを歓迎するかのようにウネウネと体を揺らしながら歩いてきた。

何本もの根を足のようにして歩いてくる姿は、もう完全に植物ではなく魔物にしか思えない。

「お、おう。俺たちは味方だから襲ってくんなよ」

「ひぃぃっ、歩いてるっすよぉ」

二人のドワーフたちが、髭に埋もれた顔を青ざめさせていたが、魔植物たちは町へ続く通路の左右に並ぶとその体を伸ばしてアーチを作り出した。

どうやら彼らは僕たちにそのアーチを潜って行けというのだろう。

僕たちはそのアーチの下を潜り抜け、畑を出て一路町へ向かう道を進む。

町は簡易的な塀で囲まれているが、その壁は王国がこの地を拠点にしていた時に作ったもので、今ではかなり老化と風化が進んでいる。

しかも本当に簡易的なのでその壁は薄く、魔獣の群れにでも攻められでもすれば一瞬で瓦解するだろう。

といっても、今のところは凶悪な魔獣が近くにいるわけでもなく、他国が攻めてくる可能性も大渓谷のせいでほぼない地に立派な城壁は不要なのもわかる。

それでもこれから町を発展させていくなら、町の出入りを管理するためにある程度の壁は必要だろう。

「問題はそれに関する専門知識をもった人材がこの地にいないことか」

僕は近づいてくる町を見ながら誰に言うでもなく呟く。

試験農園から町に向けて進んでいくと、簡易的な壁の一部に新しく作られた門がゆっくり開いていくのが目に入った。

どうやら魔植物か誰かが連絡をしたのだろう。

「やっとお出迎えか。草のバケモンは混ざってねぇだろうな」

「いつもメディア先生と一緒にいるジェイソンくらいは混ざっているかもしれないけど……ってあれは……えっ」

僕は少し青ざめた顔をしていたタッシュに軽く冗談を言いながら門の方に目を向けると、そこに立つ予想外の人たちの姿を目にして言葉をつまらせた。

僕を出迎えるために門の前に現れたのは執事のバトレル、メイドのラファム、そして少し所在（しょざい）なさげにしているバタラの三人。

だが、僕が驚いたのはその三人の前に立つ二人の女性の姿が目に入ったからだ。

砂漠の風に揺れる金髪縦ロールの少女。

そしてその横には少し斜（しゃ）に構えた姿で立つ美しい大人びた女性。

「どうしてこんなところにヘレンと師匠がいるんだ!?」

気まずい。

暖かな日差しの差し込む領主館の応接間には僕、元婚約者のヘレン、僕が師匠と呼び慕う女性と、なぜかバタラまで集まっていた。

ラファムの用意してくれた紅茶を飲むことで、僕は現在なんとか心を落ち着かせようと努力している。

机の上にはすっかり料理人というより菓子職人となったポーヴァルの新作菓子が並んでいたが、誰もそれには手をつけない。

ポーヴァルが見たらさぞがっかりすることだろうが、台所から彼が出てくることは滅多にないのでひとまず気にしないでおく。

「それでまずは何から話せばいいのかな？　僕の話から？　それともヘレン？　師匠？」

簡単な説明は町に入って屋敷に着くまでの間に聞かせてもらっていたが、正直何がなんだかさっぱりわからないくらい混乱していたために、すっかり僕の頭から消えてしまっていた。

「そうですわね。シアン様のお話は一番あととして、まずは私からいたしましょうか」

カチャッ。

小さな音を立ててティーカップを机の上に置いたヘレンがまず口火を切る。

彼女と会うのはどれくらいぶりだろうか。

確か最後に会ったのは成人の儀の一年ほど前だったか。

師匠がよく出入りしている秘密の通路のことをヘレンに教えたのを覚えている。

二人だけの秘密というものを持ちたかったのだ。

実際は師匠も知っているから三人……いや、確かバトレルも知っていて見逃してくれていたと聞いたことがあるから四人だけれど。

「シアン様。大変な時におそばにいることができなかったこと、そして我が父が私に断りもなく婚約破棄などという非道を行ったことを謝罪いたしますわ」

座りながら頭を下げるヘレンの自慢の縦ロールが机に当たりそうになる。

いつ見ても見事にロールされた髪の素晴らしい伸縮度合いに目を奪われつつも、僕は慌てて「ヘレンが謝ることじゃないよ」と顔を上げさせた。

しかしあの縦ロール、毎日自分で結っているらしいけどどうやっているのだろう。

「王都に帰って婚約破棄のことを知らされて、私のいない間に一体何が起こったのかを色々な方々から話を聞かせてもらいましたわ」

僕に起こった一連の出来事を聞いたヘレンは、その勢いのまま真偽を確かめるために昔僕が教えた秘密の通路を使ってバードライ家に忍び込んだらしい。

もし見つかったら、いくらファリソン家の娘だとしても大変なことになっていたはずだ。僕や家臣たちがいた頃ならいざしらず、兄や姉、そしてあの父に寛大な処分を求めるのは無理だろう。

「そこで、ちょうど同じようにラファムを……いえ、ラファムさんの様子を見にやってこられたモーティナさんと出会いましたの」

「私のことはラファムと、今まで通り呼び捨てでお願いいたしますお嬢様。私はこの屋敷ではただのメイドでございます」

ヘレンのティーカップに紅茶を注ぎながら、ラファムがそう言って頭を下げる。

よくわからないが師匠は僕に会いに来たのじゃなくラファムに会いにバードライ家に忍び込んで、そこでヘレンと鉢合わせしたらしい。

「師匠はラファムに一体どんな用事があったの？」

「この際だからシアンにも真実を話しておくよ。そもそもあたいがバードライ家に忍び込むようになった本当の理由はね――」

そして師匠から聞かされた衝撃の事実に、僕はしばらく口をあんぐりと開けたまま呆けてしまった。

同じようにバタラも驚いた顔でラファムと師匠の顔を交互に見ているところを見ると、彼女も初耳だったらしい。

「ずっとシアンに色々教えに行っているふりをしていたんだ。すまないね」

「えっ、ええ……まぁ驚きましたけど、そのおかげで僕も貴族の生活の中だけでは知れなかったことを色々と知ることができましたし、別に怒ってはいませんよ」

ただバトレルもそのことを知っていたらしいと聞いて、じゃあ僕にも教えておいてほしかったなと少しだけ嫉妬心が湧いた。

ちなみに今この部屋の中にバトレルはいない。

この会談に僕が参加するために、僕の代わりにドワーフの村から持ってきた様々な交易品や資材のチェックを代わりにしてくれているのだ。

ちょうどヘレンたちを送ってきてくれたタージェルも明日には帰るらしく、彼との商談についてもまとめておいてくれるらしい。

タージェルには直接会って話しておきたいこともあるので、夜になったら一緒に食事をすることになっている。

「しかしラファムがハーフエルフだったとはね。ラファムの人間離れした所作の理由はそれかぁ」

「人間離れとはお口がすぎますよ坊ちゃま。ふふふ」

いつの間にか背後に回り込んだラファムが、僕の耳元で囁いた。

「うわっ、そういうとこだよ！」

僕がこそばゆくなった耳を手で揉んでのけぞった。

バタラは台車のもとに戻っていくラファムを見ながら何やらぽーっとしていた。

「だからそんなにお綺麗なのですね。それに目元とかお母様にそっくりで」

その言葉に師匠が反応する。

「そうだろう。この子は耳の長さ以外は私に似て、子供の頃からかわいかったんだよ。昔はよくあたいの後ろをままーままーってよちよちついてきてね——って、ものを投げるんじゃない！」

「大丈夫です。そのお皿はドワーフたちと一緒に現在鋭意開発中の、落としてもぶつけても割れないお皿ですから」

「そういう話じゃないし、こっちの額が割れるでしょうがっ」

僕の目の前を飛んでいく数枚の皿を、見事に全てキャッチしながら師匠が叫ぶ。

そんな二人のほのぼのとした母娘の戯れを横目にヘレンの話は続く。

僕の知らない間に、王都から長い旅を経てヘレンも強くなったものだ。

いや、もしかしたら元から彼女は強い女性だったのかもしれない。

「モーティナさんと出会って、彼女がシアン様に会いに行くと聞きまして、わたくしも決意しましたの」

師匠と共に王都を出て家を捨てる……それがヘレンの決意だった。

そして二人でそれなりに長い旅を経てこの地にたどり着いたこと。

ようやくたどり着いたこの地に僕がいないことを知ってがっかりしたこと。

仕方なく僕を待つためにこのデゼルトの町で過ごした日々のことをヘレンは語って聞かせてくれた。

「改めましてシアン様」

「？」

「私との婚約破棄を破棄させていただけませんでしょうか」

それは僕にとっては願ったり叶ったりの提案ではあった。

今もまだ部屋の中に捨てられずに隠してあるヘレンからもらった手紙の束を思い浮かべながら、僕は了承の返事をしようと口を開きかけ――

「それと、こちらのバタラさんを第二夫人として推薦いたしますわ」

突然告げられた予想外の言葉に僕は思わずヘレンとバタラ、二人の顔を交互に何度も繰り返し見てしまった。

「婚約破棄の破棄ということはもう一度婚約してくれってこと？　それは願ったり叶ったりだけど、バタラが第二夫人って一体」

「バタラさんには既に了承いただいておりますわ」

ヘレンは「こんな大事なことを勝手に決めるわけありませんでしょう？」と続けて言った。

僕は驚いてもう一度バタラを見た。

「了承って。本当なのかいバタラ」

僕は褐色の肌を真っ赤にして俯いている彼女に問いかける。

しかし彼女は何やら両手の指をぐるぐると回して僕の方を見ようとしない。

「父が勝手にしたこととはいえ、一度私はシアン様を裏切った身。本来なら私こそが第二夫人に控えるべきだとはわかっていますの。ですけれど」

ヘレンが何を言おうとしているのか。

貴族同士の腹の探り合いはバタラには不可能だろう。

それに、領主。そしてその第一夫人ともなれば、時に冷酷な決断を迫られる時もある。

辺境の町娘でしかないバタラにそれを求めるのは酷だ。

ヘレンは言外にそう告げているのだと僕は理解する。

「私……領主様の妻なんてやっぱり務まるとは思えなくて……」

小さな声でバタラが呟いた。

「どうやらバタラの方はまだ決めてないみたいだよ。そんな無理やり決めるようなやり方はよくない」

「そうですか？　私にはとっくに彼女の心は決まっているように見えるのですが。仕方ないですわね」

ヘレンはもじもじしているバタラを一瞥すると「それではこうしましょう」と言葉を続ける。

「シアン様は十五歳。私は今年で十六になったばかりです。そしてバタラさんはまだ十四歳。まぁもうすぐお誕生日なのですぐに十五となりますが」

「どうしてバタラの年齢まで知ってるんだよ」

「シアン様が旅に出ている間、夫となる人の身辺を調べるのは当然のこととモーティナさんから旅の間教えられましたので」

「師匠……なんてことを……あの純粋だったヘレンを返してっ」

僕は娘との喧嘩で汗だくになってへたり込んでいる師匠を睨む。

その視線に気がついた師匠は「エルフの里では当たり前のことだけど人族は違うのかい？」とあっけらかんと言い放った。

だがその口元には少し意地悪そうな笑みが浮かんでいる。

「絶対嘘でしょそれ‼」

「そうでもないさ。そもそもエルフ族は無駄に長寿だからね。油断してるとすぐ浮気されちまうって、長老様がよく子供たちに言い聞かせていたのは本当さ」

「僕たち人族はそこまで長寿じゃありませんから心配してもらわなくて結構です。とにかくこれ以上は調査とかしないでほしいな、ヘレン」

「何かやましいことでもございますの？」

きょとんとした顔でそう告げるヘレンに僕は「思い当たることはない……はずだけど」と答えながら、この地にやってきてからの自分のしてきたことを頭の中で反芻する。

うん、たぶんなんの問題もないはずだ。

「そんなことより、僕らの年齢が何か関係があるのかい？」

「ああ、そうでしたわね。一応王国では貴族は一部の例外を除けば満十八歳で結婚するのが通例となってますわ。ですので私とバタラさんはシアン様が十八歳になるまでは結婚はいたしません」

「えっ、私もですか？　でも私まだ結婚とか考えたことは……少ししかないですし」

「本来なら今すぐにでも結婚式を挙げたいところですけれど、バタラさんももう少し考える時間がほしいでしょう？」

「……はい」

二人の会話を聞きつつ「僕にも考える時間はほしいなぁ」と呟きながら癒やしを求めてラファムの紅茶を口にする。

やはりこの紅茶は癒やされる。

当のラファムは部屋の隅で疲れた顔でへたり込んでいた。彼女のあんな姿を見るのは初めてで新鮮だ。

「ところでバタラさん。先ほど言いましたようにもうすぐ十五歳のお誕生日でしたわよね？」

「え、ええ。十日後が私の誕生日ですが、それが何か？」

「シアン様。まだ決定ではありませんが、将来この領地の第二夫人となられるバタラ様の成人の儀をこの地で行えないでしょうか？」

「成人の儀……それは貴族様だけの習わしなのでは？」

ヘレンの言葉にバタラが驚いたような声を上げた。

確かにバタラの言う通り、成人の儀は貴族のみがあの大聖堂の奥にある女神像に向かって行う儀式だ。

だが、この町には既にそれと同じ『真の姿をした女神像』があるではないか。

「本来はそうですわね。でもあなたはシアン様の妻になる身。少しでも貴族の習わしというものをその身で体験しておいた方がよろしいのではないかと思いますわ」

「妻って……」

また頬を紅潮させてうつむいて照れるバタラ。

僕はその顔を見ながらこの場にいる誰とも違うことを考えていた。

貴族にしか今まで開放されていなかった成人の儀の理由。

その理由に一つ思い当たる節がある。

もしそれが正しければ、今回ヘレンの提案によって起こるであろう出来事は革命的なものになるかもしれない。

僕は決断する。

「よし決めた。ヘレンの提案通りこの町でバタラの成人の儀を行おう！」

長い間、貴族の中でしか行われてこなかった女神の力を授かるその儀式が民間に開放される。

その本当の意味を、僕以外はまだ知らない。

「さてと、ヘレン嬢ちゃんの話は終わったようだし、次はあたしの番ってことでよいかい？」

ラファムとの母娘喧嘩に勝ったらしい師匠が、僕の横にどっかりと座り込む。

「ラファムが師匠の娘さんだという話ならもう聞いていますけど、他に何かあるんですか？」

「久々の再会だってのに淡泊だねぇ。そんなんじゃモテないよ」

「十分モテてますからコレ以上は必要ないですね」

「言うようになったじゃないか」

そう言ってカラカラと笑いながら僕の頭を昔のようにわしゃわしゃと撫でる師匠。

僕は慌てて体を引いてその手から逃れる。

もう頭を撫でられて喜ぶような歳でもないし、何よりバタラやヘレンが見ている前でこういうことはやめてほしい。

「やめてください師匠。それより何か僕に話すことがあるんでしょ？」

「子供ってどんどん可愛げがなくなるね。ラファムも昔は……って、また皿を投げられちゃ敵わない」

　師匠はラファムの殺気でも感じ取ったのだろうか。

　戯けたように両手を挙げて降参のポーズをとりながらそう言うと、苦笑いを浮かべながら話の続きを始めた。

「シアン、あんた大渓谷の主に会ったんだろ？」

「ええ、会いました。セーニャ様のことは師匠もご存じでしょう？」

「そりゃあたいも大渓谷の向こうのエルフの森出身だからね。何度か会う機会はあったよ。でもね、他の奴らと違って大エルフのあたいはシルフの力――風魔法が使えなかったから一人ではなかなか下りられなくてね。だから数度しか面識はないんだよ」

「そういえば師匠は大エルフだとヘレンから聞いていますが、今この屋敷にも一人大エルフが居候しているんですよ」

「知ってるよ。滅多に生まれない大エルフが同じ場所にいるなんて珍しいこともあるもんだ」

「あとで紹介しますよ。たぶん今も部屋で引きこもって研究してると思うんで」

「研究？　まぁその話はあとだ。今はあたいの旦那の話をしないとね」

「師匠の旦那様というと、ラファムの父上様ですか」

「堅苦しい言い方しなくていいよ。まぁその旦那だけどね、一度あたいと一緒にエルフの里へ挨拶に行ったんだよ。あたいはそんなことしなくていいって言ったんだけど、妙にそういうことはきっちりしたがるタイプでね」

エルフの里で師匠の両親に挨拶をしたあと、その両親の勧めでセーニャにも挨拶をすることとなったらしい。

エルフ数人での風魔法によって大渓谷の底に下ろされた二人は、そのままあの大神殿へと向かいセーニャに会った。

「あの婆さん、いつものように庭で子供たちと遊んでてさ。私たちの子供が生まれたら連れてこいとか言うんだよ」

その時、師匠自身はまったく自覚していなかったらしいのだが、既に彼女のお腹の中にはラファムがいたそうだ。

たぶんセーニャはそれに気がついてそんなことを言ったのだろう。

その光景が目に浮かぶようである。

だが、結局師匠はラファムをセーニャのところに連れて行くことはできなかった。

それは王都での生活と初めての子育てで手いっぱいだったことと、大渓谷の開発失敗でこの地への一般的なルートが閉ざされ、簡単に来ることができなくなっていたせいもあるらしい。

「その時にね、セーニャ婆さんが旦那を見てこう言ったんだ『お主、女神から神託を受けてはおるな……』ってね」

「神託ですか」

「ああ、あんたと同じだよシアン。あたしはその時それを初めて知ってびっくりしたもんさ。あの人からは何も聞いてなかったからね」

セーニャ曰く、彼の力は導く者（ザ・コンダクター）という能力らしかった。

それは僕にセーニャが語った二つ名と同じようなものらしい。

「僕は再創造する者（ザ・リクリエイター）と呼ばれましたが、もしかして女神様から神託を受けて力をもらった人は全員そんな二つ名があるのでしょうか」

「それはわからないけどね。シアンと旦那、二人の神託を受けた者がそれぞれ婆さんから似たような二つ名を教えてもらったんだ。何か関係があるのは違いないさ」

　師匠は肩をすくめる。

　どうやらセーニャは僕の時と同じように詳しい話は師匠たちに伝えなかったようだ。

「でも、その導く者（ザ・コンダクター）ってどういう能力なのですか?」

「旦那もあまりあたいには自分の能力を教えてはくれなかったんだけどね、あの人、そのせいで家を追放されたことになってるからね」

「追放?　僕みたいにですか?」

「あんたはガチで家から追放されたけど、あの人の場合は自ら望んで出奔（しゅっぽん）したらしいけどね」

その言葉に僕は知らず不機嫌な表情を浮かべたのだろう。

師匠はそんな僕の顔を面白そうな目で見つめたあと、また僕の頭をわしゃわしゃ撫でる。

せっかく整え直した髪がまたくしゃくしゃにされて、慌ててその手を払いのける。

「やめてくださいって言ったじゃないですか」

だが、当の師匠はどこ吹く風な表情で、僕の文句をあっさり聞き流している。

「あんたも聞いたことがあるんじゃないかい？」

僕が髪を整え直し終えたのを確認してから、師匠が僕にそう語りかける。

「何をですか？」

「あたいの旦那――ウェイデン＝ハーベストのことをさ」

ウェイデン＝ハーベスト。

僕はその名前を知っていた。

二十数年前に僕と同じように女神様から授かった加護が使い道のない加護とみなされ、中貴族であるハーベスト家の跡取りであったにもかかわらず追放された男の名前だ。

あの成人の儀の前に、姉から嫌味のように告げられた「ハーベスト家の長男のように追放されないように」という言葉が頭の中に蘇る。

そのウェイデン＝ハーベストが師匠の旦那様。

つまりラファムの父親だという。

「まさか、それは本当ですか?」

「あたいが嘘をつく必要がどこにあるってんだい?」

師匠は僕の目を見返しながら更に驚くことを口にした。

「嘘だと思うなら本人から直接聞いてみるといいさ。どうせ遅くても明日にはこの町にやってくるはずだからね」

◇　◇　◇

その日の夕方。

僕にとっては同じような理由で追放され、密かに親近感を感じていたウェイデン＝ハーベスト。

その彼は今、僕たちの目の前で魔植物たちに吊り下げられている。

「おーい、そこの君たち。ちょっと助けてくれないかなぁ」

得体の知れない魔獣に捕らえられているというのに、なんだかのんびりとした口調で、彼を迎えるために町の門を出て来た僕たち一行に彼はそう助けを求めてきた。

僕とは真逆に長身で広い肩幅と、かなり鍛えられているのがわかる体を逆さまに吊られているというのに、彼の顔にはなぜか笑顔すら見える。

師匠から話を聞いたあと、僕は町を守るべく巡回（じゅんかい）していると聞く魔植物たちに来客のことを教えようとメディア先生のもとへデルポーンを走らせた。

だが、使いを出した直後に当のメディア先生が屋敷に慌ててやってきたのだ。

「ジェイソンが侵入者を捕まえたらしいんさよ」

その言葉を聞いたみんなは全員で屋敷を出てメディア先生に先導され表門に向かった。

急ぎ足で向かいながらヘレンと師匠に事情を話す。

彼女たちはタージェルと共に魔植物の警戒網（けいかいもう）を通りすぎたため、ジェイソンたちの姿を目にしていなかったのだ。

「あの農園にいた魔獣に町を守らせているのですか？」

「さすが我が弟子。魔獣に町の警備をさせようだなんて懐がデカいねぇ。ところでうちの旦那、食われたりしてないだろうね？」

「大丈夫ですよ。彼らは魔獣ですが肉食ではありませんし……たぶん」

正直言って自信はないが、メディア先生が大丈夫だと言っていたから大丈夫なのだろう。

たぶん。

「あそこさね」

町の門を出たところでメディア先生が指さし叫ぶ。

そこでは四体の魔植物がうねうねと体をよじりながら、何人かの人を吊り下げているのが見えた。

そのうちの一体がどうやら僕たちに気がついたようで、人間をぶら下げたままこちらへ向かって歩いてくると、他の三体も一緒にこちらへ向かってきた。

歩行する魔植物と長く暮らしてきた僕たちですらあの姿はかなり不気味なのに、師匠はこの短期間で慣れてしまったらしくメディア先生と目の前で起こっている出来事を見ながら魔植物による警備について色々話をしている。

一方のヘレンは、まるで人間を襲っているかのような魔植物の姿に顔を真っ青にして今にも倒れそうになっているが、背中をバタラに支えられてかろうじてしゃがみ込まずに踏みとどまっている。

「おっ、そこにいるのは我が愛し(いと)の妻モーティナじゃないかっ。とすると……そこの君がシアンくんだね。こんな姿で失礼」

魔植物に逆さに吊られながら、貴族らしい所作でお辞儀(じぎ)をするウェイデン。

たぶん腹筋ではなくてあれはお辞儀だと思う。

「メディア先生、この人は怪しい侵入者じゃなくてラファムのお父さんとその仲間らしいから放してあげてくれないか？」

「おや、そうだったのかい。お前たち、その人たちを解放するさね」

メディア先生がそう指示をすると、それぞれ捕まえていた人々を地面に下ろす。

合計で七人。

老若男女(ろうにゃくなんにょ)、全員が顔を青ざめて座り込んでいた。

いや、ただ一人ウェイデンだけはまったく何も動じていない風で、笑みを浮かべながら僕らの方へ歩いてくると握手(あくしゅ)を求めてきた。

「改めて、初めまして」

「あなたがあのウェイデン＝ハーベスト様……ですか」

僕がそう尋ねると、彼は少しむずがゆそうな顔をする。

「今はただのウェイデンだよ。それに『様』はやめていただきたいな、シアン『様』」

「ウェイデンさん……でいいのかな。それじゃあ僕も『様』は抜きでお願いします」

「じゃあシアンくん。いつも僕の妻と娘の世話してもらってありがとう」

「いいえ、むしろ僕が世話になりっぱなしで」

お互いにそう言って頭を下げ合っていると、背後から少しためらいがちな声が聞こえた。

「……父さん？」

「おおっ、その世界一かわいい声は、我が愛しの娘ではないかっ」

びゅんっと音が聞こえそうな速度で、ウェイデンは一瞬にして僕の目の前からラファムの前に移動すると、その体を両手でいきなり抱き上げた。

「やっ、父さん！　下ろしてくださいっ」

「はっはっはっは、何を照れているんだ。昔はこうやって高い高いをしてあげると大喜びしてただろ」

「それは子供の頃の話ですっ」

いつもの冷静沈着で表情をあまり変えないラファムの仮面が、両親の前では次々と剥がれていく。

むしろこれだけ破天荒な両親の娘であるとすれば、今までの彼女はもしかしたら本当に仮面をかぶっていただけなのかもしれない。

僕がウェイデンと話をしている間にバタラやヘレン、そしてバトレルたちは魔植物から解放された人々の様子を確認していた。

「お体は大丈夫でございますか？」

「ありがとう、驚いたけど怪我はしてないみたいだ」

「びっくりしたでしょう」

「ううん、おもしろかったー」

「あたしゃ腰が抜けちまったよ」

聞こえてくる内容から、その人たちに大きな怪我はなかったようだ。

前にメディア先生と魔植物を町の守護につかせる話をした時に、なるべく人を傷つけないように捕獲するようにお願いしていた。

なぜなら、最初に捕まったドワーフたちもだが、捕まった相手が敵対的な存在ではない可能性があるからだ。

「オラたちは大丈夫だべ。それよりも大切な牛や羊たちが魔物に驚いて逃げちまった」

「牛？」

「そうだべ。オラたちはこの町で畜産をするためにやってきただよ……でも肝心の動物たちがいなくなってしまっては」

畜産だって？

しかも牛と羊といえば僕が欲しかった動物たちだ。

両方とも色々な食べ物の生産に必要な乳が採れるし、羊の毛も貴重だ。

食肉という意味では魔物肉がある以上、今はそれほど必要ではないが、新鮮な乳製品が使えるようになるならポーヴァルが大喜びするだろう。

今まではタージェルに交易品の一つとしてチーズやバターを持ってきてもらっていたが、新鮮な牛乳や羊乳は無理だった。

「仕方ありませんわ。動物でなくても突然魔獣に襲われたら誰だって逃げてしまいますわよ」

ヘレンの言葉に心なしか魔植物たちが『しゅん』と萎えたように見える。

彼らにもそういうことを言われて傷つく心があるのかもしれない。

「みんなで手分けして探すしかないね。放っておいたら町の周りから離れて食べるものも水もないまま餓死してしまうだろうし」

「そうですわね。バタラ、町の人たちにも協力願えますかしら」

「わかりました、町のみんなも呼んできます」

そう答えてバタラが駆け出そうとした時だった。

その彼女の目の前に一人の男が立ち塞がり彼女を止めた。

「まぁまぁ待ちたまえ諸君」

「ウェイデンさん？」

「動物たちなら大丈夫。僕の神具を使えばすぐに戻ってくるさ」

「神具ですか？」

彼は僕に小さく頷くと右手を大きく振り上げる。

するとその手にはいつの間にか一本の棒が現れ、彼はそれを軽く握りしめるとピシッと勢いよく振り下ろした。

「そう、この神具【指揮棒】の力でね！」

「それがウェイデンさんが女神様から授かった加護……いや、神具なのですか？」

「そう。これが僕の神具だよ。これさえあれば逃げていった動物たちを集めることができるのさ」

ウェイデンはそう言いながら【指揮棒(バトン)】を構える。

「さぁ、みんな！　戻っておいで！」

そう言うとウェイデンはリズミカルに、まるで何か音楽を奏(かな)でるかのようになめらかな動きで【指揮棒(バトン)】を振る。

その動作が彼の神具を発動させる鍵なのだろうか。

しばらくすると彼の持つ【指揮棒(バトン)】から幾筋(いくすじ)もの光が飛び出し、四方へ散っていく。

あとで聞いたところによれば、その光は僕とウェイデンの二人にしか見えていなかったらしい。

もしかしたら同じ女神様からの神託を受け取った者同士にしか見えないのかもしれない。

「あっ、牛さんが」

倒れ込んでいた老女を抱き起こしていたバタラが叫んだ。

彼女の見ている方向へ視線を向けると、小高い丘の向こうからおっかなびっくりといった動きで数頭の牛がこちらに向けて歩いてくるのが目に入る。

「こっちからは羊が来ましたわ」

魔植物に突然襲われたせいで泣きじゃくっていた女の子をあやしていたヘレンの声に、僕は振り返る。

丘と丘の間の道から、十頭ほどの羊が鳴き声を上げながら姿を現す。

丘の上から柔らかく積もった砂の上を慎重に下りてくる牛が八頭。

町への街道を駆け寄ってくる羊が十頭。

魔植物に驚き逃げ去ってしまっていた合計で二十八頭の動物たちが、ウェイデンの【指揮棒（バトン）】によって導かれ返ってきた。

これが導く者（ザ・コンダクター）の力……

「おや、あの子たちはまだ帰ってこないな。思ったより遠くまで逃げたのかな」

「あれで全部じゃないんですか？」

「動物たちはあれで全てだけどね」

「動物たち以外で魔植物から逃げることができた人がいると？」

「そうだね。ただ普通の『人』じゃないんだ――っと」

僕がウェイデンに詳しい話を聞こうと口を開きかけた時、突然目の前の地面が凹（へこ）んだかと思うと、一瞬で大人が落ちてしまいそうなほどの穴が開く。

慌てて飛び退（の）く僕と違って、ウェイデンは平然とその場から動かず穴の中を覗き込んだ。

「クロート。もう安全だから出ておいで」

「本当だか？　あの化け物は？」

「いるけどもう僕らを襲っては来ないよ。あれはこの町を守る番犬みたいなものだったらしい」

「犬は苦手……」

「犬はいないから、トーポも出ておいで」

どうやら穴の中にはクロートとトーポという二人が潜んでいるらしい。

そしてその二人は犬が苦手だという。

シーヴァがこの場にいなくてよかった。

しかし一体どうやってこんな穴を。

僕は好奇心に釣られてゆっくりと穴に近寄るとその中を覗き込む。

「うわっ」

「わーっ」

「なんだベー」

穴の中を覗き込もうと近寄った瞬間、穴の中からモグラにそっくりな顔をした獣人が二人飛び出してきたのだった。

「じゅ……獣人っ」

「なんだべ。おめぇ獣人を見るのは初めてモグか？」

思わず尻餅をついて下から見上げる格好になってはいるが、小柄な僕より更に小柄なその二人の獣人は、やはりどこから見てもモグラにしか見えない。

だが、普通のモグラと違い言葉も喋っているし、何よりツナギのような服を着ている。

「ははは、驚かせてすまないね。本来ならモーティナから君に先に伝えておいてもらうべきだったんだろうけど、それじゃあ面白くないと思ってね」

「面白いとか面白くないとか、そういう話じゃないですよ」

「そうかい?」

何やら悪戯が成功した悪ガキのような顔で嬉しそうに僕の反応を見ているウェイデンに、何を言っても無駄なことを悟った僕は一呼吸置く。

しかし獣人族か。

基本ほとんど見かけが変わらない人族と違い、獣人族とひとまとめにされてはいるがその実情はかなり多種にわたる。

実際に王都では狼の獣人や鳥の獣人を見たことがあるが、同一種族と言うよりまったく別の獣に似た種族の総称が獣人族というだけなのだろう。

彼らのほとんどは王国に住んでいるわけではない。

南の山を越えた先にある獣人族が治める国から、使者や商人として時々この国にやってくるだけである。

交流はあるが、なぜか彼らは王国に長く止まることを嫌がるのだと聞いている。

目の前でキョトンとした顔で僕を見ている二匹……いや、二人のモグラ獣人もその国から使者としてやってきたのだろうか。

だとするとなぜウェイデンと一緒にいるのかは謎だが。

「彼ら獣人族がなぜこんなところにいるのかわからないって顔だね？」

「ええ、詳しく説明してくれますか」

「彼らとは王国の更に西の地で出会ったんだけどね。どうやら南の獣人の国ではなく、北にある国から大渓谷の端を移動してやってきたらしいんだ」

大渓谷を渡って、王国側に来るには三つの方法がある。

一つはエルフ族やドワーフ族のように大渓谷を自らの力で渡ること。

だがそれにはかなりの力が必要である。

そうでなければ大渓谷に巣くう魔獣たちの餌にしかならないからだ。

もう一つは海路。

海には海の魔獣が棲んでいて危険ではあるのだが、それほど数は多くないためにめったに襲われることはないらしい。

だがそれなりに運賃はかかってしまうので、普通の旅人は使うことはない。

三つ目はモグラ族の彼らがたどってきたという道。

つまり大渓谷の端にある対岸と繋がっている場所を渡ってくる方法だ。

セーニャが造った橋も未だに残っているところはあるはずだけど、前述した通りそこには魔獣が棲んでいる。

だが大渓谷の端まで行くとセーニャから放出された魔素もかなり薄くなるのか、弱い魔獣しかいない。

かなり大回りになるし、場合によってはいくつも国を横断する羽目になり通行料金もかかるが、魔獣が現れても管理する国の警備兵によりすぐに処理されるため、一番安心して移動できる手段である。

かかると言っても通行料金も海路よりも安いため、旅人や零細商人は主に陸路を選んで行き来している。

「北の国というとセヴェル帝国でしょうか？」

「確かにセヴェル帝国にも獣人は住んでいるらしいけど、彼らはそこより更に北のノルデンという国からやってきたそうだよ」

「ノルデンですか、確かこの大陸の北の端にある小国でしたね。そんな遠くから？」

「らしいね」

「そこまでしてどうしてクロートさんたちはこんなところまで旅して来たのでしょうか？」

「駆け落ちらしいよ」

「えっ、まさか二人は夫婦なんですか⁉」

僕は目の前に立つ二人を交互に見る。

どちらも同じ顔に同じ体型で、てっきり雄(おす)同士……いや、男同士だと思っていた。

「そうだべ。といっても正式に結婚式はまだあげてないモグよ」

「約束の地にたどり着いたら結婚式を挙げるつもりだったモグね」

そう言って見つめ合い、手を取り合う二人は確かに恋人同士に見え……なくもない。

しかし『約束の地』とはどこのことなんだろう。

もしかして。

「シアンくんが今考えている通りさ。このエリモスこそが彼らの目指した『約束の地』なんだ」

「何がどう約束されてるんですか?」

「それは僕にもわからないな。なんせ僕は女神様から授かった神具で彼らを導いてきただけだからね」

ウェイデンの神具【指揮棒(バトン)】の力は、先ほどのように動物たちを連れ戻すといった力ではないと彼は言う。

彼はあくまで人や動物たちに進むべき先を示してやるだけだと。

「選ぶのはあくまで本人の意志だ。僕の導く者(ザ・コンダクター)の力は決して人の意思を強制するものじゃないのさ」

つまり牛や羊たちも、自らの意思で育ててくれた人たちの元へ帰りたいと願った結果戻ってきたというわけだ。

「その進むべき道はウェイデンさんが決めるのではないのですか？」

「違うよ。進むべき道はみんな自分で既に決めているのさ。僕の力はそれを具体化してやるだけにすぎない」

だとすればこのモグラ族の夫婦は、最初からこの地を目指していたということか。

遥か遠くの国で生まれ育った二人がこんな辺境の、国からも見捨てられた領地を知っているとは到底思えない。

「僕も疑問だったんだけどね、この力を使い続けている間にだんだんわかってきたんだ」

全ての疑問の答えというのは既に自分の中では決まっている。

導く者（ザ・コンダクター）は、その答えに合った道を彼らに示すことができる力であると。

「授かったばっかりの頃は、王都の中で迷子（まいご）を家に送り届ける程度しかできなかったんだけどね。それを続けていく間に、いつの間にか力が開放されて色々な人たちを導くことができるようになっていったんだ」

「それって」

たぶんだが、彼も僕と同じく人々のために神具を使っていく間に民からの信頼を得ていったのだろう。

そして『民の幸福ポイント』が貯（た）まり、僕の【聖杯（コップ）】と同じように彼の【指揮棒（バトン）】の能力が開放されて行ったに違いない。

「領主様、少しいいモグか？」

「えっと……」

「おっと忘れるところだった。シアンくん、クロートの話を聞いてやってほしいんだ」

二人のモグラ獣人は見かけも声音もほとんど変わらない。

そのせいで僕は話しかけてきたのがすぐにはどちらかわからなかった。

だがウェイデンには見分けがつくらしく、あっさりと話しかけてきたのがクロートの方であるとわかったようだ。

あとで見分け方を聞いておかなくては。

「話ですか？　別にかまいませんけど」

「それじゃあおいらたちの願いを聞いてもらいたいモグ。さっき話したようにおいらたちは『約束の地』についたら結婚式を挙げると決めていたモグよ」

「略式（りゃくしき）でかまわないモグ。結婚式を挙げさせてもらいたいモグ」

モグラ獣人の結婚式。

それは一体どういったものなのだろうか。

まさか地面に穴を掘ってその中で行うとかじゃないだろう。

「まぁ、結婚式ですって⁉」

後ろから突然そんな嬉しそうな声が聞こえて振り返ると、そこには目を乙女色に染めたヘレンと、無理やり彼女に引っ張られてきたらしいバタラが立っていた。

どうやら先ほどのクロートたちの言葉が聞こえていたようだ。

「君たちも手伝ってくれるかい？　なぁに、獣人族の結婚式といっても特別僕たちの結婚式と変わりはしない。ただ指輪の交換がないのと、誓いの言葉の交わし方が違うことくらいかな？」

僕の横をすり抜けてウェイデンが二人に歩み寄り、そう話しかけた。

バタラはたぶん獣人族を初めて目にしたのだろう、僕の背後に立つ二足歩行の服を着たモグラの姿に驚きの表情を浮かべて固まっていた。

「ええ、喜んで。私たちの結婚式の予行練習にもなりますし。ね、シアン」

「あ、ああ。そうだね。そういうものなのかな……？」

僕はヘレンの勢いに戸惑いつつも、そう曖昧な返事をしたのだった。

「へぇ、ここが集会所か」

今僕たちはバタラの案内で、結婚式が行われる場所である集会所にやってきていた。

集会所という呼び名からわかるように、この町には王都みたいに結婚式場が在るわけではない。

　領主館を除けば、この町でそれなりの人数が集まることができる場所はここしかなく、結婚式だけでなく葬式などもここで行われるらしい。

　放置されて朽ちかけていた領主館と違い、こちらは常日頃から使われているので、古いながらもそれなりに綺麗に整備されていた。

「でもそんなに大きくないな」

「そうだね。結婚式をするにしても、せいぜい二十人ほど中に入れば満員になりそうだ」

　確かにこの町の中では大きめの建物ではあるが、他より目立つほど大きいわけではない。

「とりあえず中へどうぞ」

　バタラが集会場の扉を開き、中へ入っていく。

「私たちの結婚式もここで行うのかしらね？」

　そんなことを呟きながらバタラのあとを追うヘレンに続いて、僕とウェイデンも中に入る。

　後ろからはトーポとクロートのモグラ獣人とラファムが続く。

　集会所の中はまるごと広い部屋になっていて、左右には固定式ではない机や椅子がいくつか並んでいる。

用途によって並び替えて使うようだ。

そして奥に大人ほどの大きさの祭壇があった。

「一番奥に女神像が祀ってあるのですわね」

ヘレンが興味深そうにその祭壇に祀られている女神像をマジマジと見回している。

だがそこにある女神像の姿は、僕がルゴスとバタラの協力を得て作り上げた中央広場にある女神像とはまったく違う姿をしていた。

「偽物の方だね」

「そうですね。シアン様のお作りになった女神像とは別物です」

「本物の女神様はこんなに大人びてなかったからねぇ。僕も初めて会った時は誰かと思ったよ」

バタラと僕、そしてウェイデンの三人は、その女神像を少し離れた位置で観察しながら感想を口にする。

今この場所で実際に女神様に会って『神託』を受けたのは僕とウェイデンの二人だ。

それ以外の人たちは、女神様の姿といえばこの目の前に祀られているものを思い浮かべるだろう。

「偽物ってどういう意味ですの？」

つまりそれを知らないヘレンにとっては、僕たちのその呟きは寝耳に水だったようだ。

僕はヘレンに僕が会った本当の女神様の姿について教えることにした。

「なるほど、偽物というのはそういう意味だったのですわね」

「そうなんだ。だから町の中央に僕は、本当の女神様をかたどった像を設置したってわけ」

最初こそ今までと違う女神様の姿に戸惑っていた町の人々ではあったが、今ではあの姿の女神像はすっかり受け入れられている。

町の人々から魔力を集めて水に変えることができているということがそれを示している。

町の人々があの女神の姿を信じていない、敬っていないのであれば魔力が集まることはないと僕は思っているからだ。

大渓谷の主であるセーニャの話を聞いてから僕のその考えは確信に変わった。

セーニャは自分が神格化(しんかくか)され、民の信仰が集まるほどそれが力になったのだと言っていた。

「女神様への信仰がそのまま力になるわけだ。シアンくんは面白いことを考えるね」

僕が女神像を設置して魔力を集めたということをウェイデンに話すと、彼は微笑みながらそう感想を口にした。

「あの女神像を造った時には、実はまだ確信は持てていませんでしたけど、うまくいってよかったです」

ウェイデンが感心したように僕の肩をポンっと叩く。

「その話はあとで詳しく聞かせてもらうとしてだ。ここでクロートたちの結婚式を挙げるということでいいのかい？」

「他には領主館でやるという案もありますが」

結婚式ができそうな広くて人が集まることができる場所として、領主館は条件に合致している。

すると、それまで集会所の中をウロウロと見て回っていたモグラ獣人たちがチョコチョコと駆け寄ってきた。

「領主様の屋敷で結婚式だなんて、オラたち緊張して死んでしまうモグ」

「んだんだ」

「彼らもこう言ってることだし、やっぱりこの場所で挙げるのが一番いいんじゃないかな。となると」

「あの女神像だけは本物に取り替えないといけませんね」

そもそもこの町の中に『偽の女神像』はどれだけあるのだろうか。

僕はヘレンと喋っているバタラに声をかける。

「バタラ、少し聞きたいことがあるんだけどいいかな？」

「はい、なんでしょうか」

「この町には他に女神像が祀られているところってどこかあるかな」

僕の質問に、バタラは顎に人差し指を当てて少し考えた。

「うーん、そうですね。私の知る限り、公のものはこの集会場にあるものだけだと思います」

「個人で所有している可能性はあるってことかな」

「さすがにそこまでは私にはわかりませんけど、可能性はあると思います」

個人所有となると小さめの像だろうか。

一度町の人たち全員に通達して確認した方がいいかもしれない。

まずはこの集会所の女神像をルゴスに頼んで作ってもらうか。

その後の女神像量産計画も本気で考えなければ。

集会所を一通り見回り終えた僕らは、その足でメディア先生たちのいる試験農園へ向かうことにした。

ウェイデンが率いてきた移民希望の人々、そして牛や羊たちをそのまま町の外に放置しておくわけにもいかないからだ。

動物たちが帰ってきたあと、その動物たちの扱いをどうしようかという話をしていた時、メディア先生から試験農園の脇にある魔植物たちの待機所に一時的に移動させてはどうかと提案を受けたのだ。

都合のいいことに、そこは僕の『エリモス領緑化計画』の試験を兼ねた場所で、今はかなりの範囲が既に草地になっていた。

「あの草は牛や羊が食べても問題ないのかな？」

「今までの研究結果から、極度に濃度の濃い魔肥料を使わなければ普通の植物と変わらないことは実証済みさね」

魔肥料と試験農園の専門家であるメディア先生が太鼓判を押したことで、僕は彼らと動物たちをメディア先生に任せることに決めた。

ウェイデンがいないとバラバラになりそうな動物たちだったが、周りをジェイソンたち魔植物が囲むことによって見事に誘導していく。

昔、旅先で見た牧羊犬のようだなと、そんな犬とはかけ離れた外見の魔植物たちを見送りつつ僕は思ったのだった。

「いやぁ、それにしてもあの魔植物だっけ？　あれはびっくりだね」

「でしょうね」

苦笑いのウェイデンに、僕も苦笑で返す。

彼はあの魔植物たちがどうやって生まれたのかは知らないはずだし、僕も今は伝える気はないが、近いうちに話しておいた方がいいかもしれない。

「しかし魔獣でも人に懐くなんてことがあるというのは大発見だ」

一般的に魔獣という謎の生き物は本能で生きているために、人の命令を聞くなどということはないと思われている。

シーヴァのように力が強く、ある程度の知能がある魔獣は時に人と共闘することもあるらしいのだが、実際に僕が知っているのはシーヴァくらいである。

しかもそれはたぶん、大渓谷の主であるセーニャが関わっているのではないかと僕は予想している。

彼女に育てられた結果、シーヴァは人のような知性・理性を得たのではないか。

シーヴァの遺跡にもかなり強力な魔獣や魔物がいるが、シーヴァほどの知性を持ったものはいないことからの想像だ。

「あの魔植物が異常なだけだと思いますけどね」

僕は魔植物のことにはなるべく触れられたくなくて、適当にはぐらかしながら試験農場への道を歩いた。

道すがら町の人たちとすれ違う度に、後ろをついてくるモグラ獣人たちにみんな驚いたような目を向けていたが大丈夫だろうか。

見かけ的にそれほど人間と変わらないドワーフたちはすっかり町の人たちと馴染(なじ)んでいたが、さすがに獣人となると違うのだろう。

近いうちに町の人たちの代表を集めて話し合わねばなるまい。

「しかし獣人がこの王国内に来るなんて珍しいですよね」

「そうだね。この国だと、一番人口の多い王都でもほとんど見かけないからね。王都から離れた辺境に行けば商人以外の獣人族もいたけど」

「どうしてでしょうね」

「王都には獣人たちの働き口がないからかな。だから商人をやっている獣人くらいしか王都にやってこない。それに……」

ウェイデンが少し言葉をつまらせる。

「それに？」

「どうも獣人族のみんなは王都とその近辺にいると、不思議と嫌悪感を覚えるらしくてね。理由はよくわからないらしいんだけど、長居をしたくないとかで用事を済ませたらすぐに帰ってしまうんだ」

「嫌悪感ですか。獣人族は人間族に比べて様々な感覚が優れているらしいですから、王都の何かが彼らにとって不快なのでしょうか」

「なんとなく嫌な感じがするってしか聞いてなかったね」

獣人特有の鋭敏な感覚か。

普通の人族である僕にはわからない何かがあるのだろうか。

もともと王都はドラゴンと呼ばれる凶悪な魔獣が棲んでいた地である。

その残り香のようなものがあの地にはあるのかもしれない。

「見えてきましたわ。あれが試験農園ですのね」

「少し来ない間に随分広がってますね」

町の中を通りすぎ試験農園へ続く門を抜け、目の前に広がる試験農園。

既にそれは『試験』という言葉からは遠のき、かなりの規模となっている。

この全てを最初は主にメディア先生一人で管理していたのだが、さすがに魔植物たちの手伝いがあるといっても限界があるとのこと。

ということで、デゼルトの町民から十人ほど彼女の部下を募集し、今はメディア先生を含めた十数人体制で生産を行っている。

農園の約半分は、既にメディア先生によって研究調査を終えたストロやキャロリアをはじめとした果物と野菜を育て始めている。

町民たちが主に働くのはそのエリアである。

魔肥料については僕とメディア先生が作った新型肥料だとしか伝えていない。

「領主様だ」

「バタラも一緒か」

農場で働いている町民たちが僕たちに気づいて声をかけてくる。

その声音や顔色は、僕が初めてこの町に来た頃に見聞きした生気のないものではなく、生き生きとしている。

「ご苦労様です皆さん。畑の様子はどうですか？」

「どの野菜も果物もすくすくと育っていますよ。それもこれも領主様が作ってくれたあの肥料と、豊富に使えるようになった水のおかげでさぁ」

「この町の周りでこんなに野菜が育てられるなんて夢のようです」

彼らの言葉に、目の前に広がる青々とした葉の並ぶ畑に目を向ける。

どの植物も元気よく太陽の光を浴びて、天に向けて育っていた。

ここが少し前まで不毛の荒れ地だったなんて誰が信じるであろうか。

「ところで領主様」

「ん？」

「少し前にメディア先生が、今まで町で見かけたことのない人たちと動物たちを連れて、農園の奥の方へ向かっていったんですが、あれはもしかして」

「ああ、移住希望の人たちと、その人たちが連れてきてくれた家畜（かちく）たちだよ」

「やっぱりそうだったんですか。ということは、いずれ町でも乳が採れるようになるということですな」

「そうだね。牛乳も羊乳も」

僕は町人たちと、家畜とそこから得られるであろう様々なものについてしばらく盛り上がったあと、彼らに別れを告げメディア先生たちがいるであろう草原へ足を向けた。

◇　◇　◇

「いつかは畜産をしたいと思っていたけど、こんなに早く実現するとはね」

魔肥料で育った牧草を美味しそうに食べる動物たちを眺めながら、僕は誰に言うでもなくそんなことを呟いた。

「でもまだこれだけじゃ足りないさね。せめてこの倍は牧草地を広げないとね」

「そうなのか？　十分に見えるけど」

既にかなりの広さになっている草原を見ながら僕はメディア先生に尋ねる。

少し前まではサボ程度しか生えていなかったというのに。

「牛や羊が一日にどれくらいの量の草を食べるか、シアンくんは知らないようだね。まぁ僕も彼らの話を聞くまでは知らなかったんだけどね」

一緒に牛たちを眺めていたウェイデンが腕を組みつつ告げる。

「この程度の草だと、一週間で食べ尽くされちまうさね」

「そんなに!?」

僕は目の前に広がる草原と、その草を一生懸命に食べている動物たちを見ながら目を丸くした。

味と栄養素を度外視すれば、魔肥料を濃いめにすることで牧草の育成速度は劇的に上がる。

だけど、そんなものを食べた牛や羊たちから採れる肉や乳といったものが、まともに利用できるとは思えない。

それどころか、あまりに魔素濃度が高いものを食べさせては動物たち自体の体に悪影響を及ぼしてしまうかもしれない。

未だに研究段階ではあるけれど魔植物の例もあるわけで。

最悪牛や羊たちが魔牛や魔羊に化けかねない。

そして魔物化した動物たちは、魔植物のように飼い慣らせるとは限らないのだ。

「僕たちもこの町にたどり着くギリギリの量しか飼料は手配できなかったからね」

動物を飼育するということは、思った以上に大変だ。

偶然にもメディア先生と共に緑化計画を進めていたおかげで、今回は家畜に安全な牧草を用意することができた。

だけどもし魔肥料の開発と研究がもう少し遅れていたら、今頃は目の前で草を食んでいる動物たちを泣く泣く食料として処分せざるを得なかったかもしれない。

いや、それも偶然ではないのか。

ウェイデンの力である導く者（ザ・コンダクター）が、もしかしたらこのタイミングでこの町へ彼らを導いて来たのかもしれない。

「やっと来たのかい」

「師匠」

動物たちの近くで、畜産家の人々と何やら喋っていた師匠が、僕たちに気がついて駆け寄ってきた。

「やぁ、モーティナ。首尾（しゅび）はどうだい？」

「ああ、そのことなら心配しなくていいよ。バッチリ手配済みさ」

「そりゃよかった」

「首尾？　手配？　一体なんの話です？」

師匠とウェイデンの二人の間では話が通じているようだが、僕にはまったく心当たりがない。

僕が戸惑いつつ二人にそう問いかけると、ウェイデンは少し驚いたような表情を見せたあと、自らの妻を振り返る。

「モーティナ、まさかシアンくんには何も伝えてないのかい？」

「伝えようにも、シアンはずっと町にいなかったからね。ごめんねシアン、事後報告になるけどさ」

師匠が僕の近くにやってくると、言葉とは裏腹に少しもすまなそうな表情も見せず、この町に着いてから彼女が何をしていたのかを語りだした。

どうやら彼女が行方をくらましていたのは、単純に娘であるラファムから身を隠すためだけではなかったそうだ。

彼女にはラファムの様子を見るという以外に、ウェイデンが引き連れてくる移民たちのために、このデゼルトの町に彼らの住み処を準備するという目的があったという。

「この町には人の住んでいない建物がいっぱいあったから簡単だったよ」

「確かにこの町は、王国が大渓谷開発から手を引いてから、その頃に作られていた家は空き家になっていますけど」

「町の人たちに聞いたら、あんたが許可を出せば使っていいってところばっかりだったからさ。もちろん許可してくれるよね？」

「それはまぁ……かまいませんけど」

彼女に大恩のある僕が断れるはずもない。

それにそもそも、あの移民たちの受け入れは僕の中では決定事項なので、断る理由もないのだが。

「ありがとうシアンくん。いやぁ、モーティナは細かい手順とかそういうのが苦手なのは知っていたんだけどね。まさか既知である君にまで話を通してないとは思わなかったから焦ったよ」

「僕の性格とか全て把握されていますからね。あとで頼めば問題ないと思ったのでしょうね」

「彼女らしいな。君も彼女には相当手を焼かされたんじゃないのかい？」

「失敬な。あたしはシアンに色々なことを教えてあげていただけで、迷惑なんてかけてないよ」

「本当かい？」

ウェイデンが僕に話を振ってきた。

「それは……まぁ、色々とありましたけど」

「なんだいその言いにくそうな態度は。あたいの目を見てちゃんと言ってごらん」

「脅しちゃ駄目だよモーティナ」

僕たち三人がそんな話をしていると、畑の方からヘレンとバタラ、そしてラファムが、両手に野菜や果物が満載(まんさい)の籠を持って駆け寄ってきた。

「シアン様。見てください、この立派な果物」

「これは？」

僕はヘレンが差し出した籠の中を覗き込んだ。

そこにはストロをはじめ、色とりどりの果物がぎっしり詰まっていた。

一見してかなり重そうだが、ヘレンたちはその籠を軽々と持って、嬉しそうにしている。見かけと違ってたくましいお嬢さんたちだ。

「町の人たちが、採れたてを領主様にって譲ってくださいまして」

後ろからバタラが、そう教えてくれる。

ん？

それって元々の農場のものだから、僕のものを勝手に僕に譲ったってことにならないか？

いや、別にこの町のために作っているものだからいいんだけどさ。

「今日はこの農場で収穫した作物を使ってお父さ……移民の皆さんたちの歓迎会をしようと思うのですが、よろしいでしょうか？」

先ほど町の前で父親に抱きかかえられたのを警戒しているのか、二人の後ろから僕にそう問いかけるラファム。

間にヘレンとバタラがいては、さすがのウェイデンも自分の娘に抱きつくわけにはいかないだろう。

「そうだね。そろそろ本格的にこの町で農業を始めてもいいかもしれない。そのお披露目会も近いうちにやるつもりだったから、その前にポーヴァルにここの野菜の美味しい料理法を考えてもらわなくちゃね」

「では」

「早速だけどお願いできるかい？」

「はい、私は先にこの作物を持ち帰ってポーヴァルと準備を始めさせていただきます」

ラファムはそう言うと軽く頭を下げ、バタラとヘレンが持っていた籠も全て受け取り館(やかた)へ向かって小走りにかけていった。

大エルフと人間のハーフである彼女は複数の魔法を使い分けることができるため、あのような人外レベルな行動も可能なのだ、とのちに僕は師匠から聞かされた。

だが、さすがにこの時はウェイデンと師匠以外の全員が口をあんぐりと開けて、ラファムの超人的な姿を見送ったのだった。

◇　◇　◇

移住希望者たちと一緒に師匠が準備したという家々を周る。

近くの町民たちとの顔見せを一通り終えたあと、僕たちは領主館への帰路についた。

移住者たちのために準備された家には、驚くことにすぐにでも生活が始められるように家具などが既に整えられており、その全てを師匠が準備したのかと思うと、我が師匠ながらその行動力の凄さに改めて驚かされた。

「おかげで今まで貯め込んできた蓄えがほとんどなくなってしまったよ」

そう言って笑う彼女は、特にそれを惜しいとも思っていないようなまったく曇りのない笑顔であった。

師匠の蓄えというのがどれくらいのものだったのかはわからないが、他人のために自らの資産を使うなんて、普通の人にはそうそうできるものではない。

ちなみに食料などは、彼らの畜産が軌道に乗るまで我が屋敷の備蓄からしばらくの間は提供することとなった。

これからこの町をどんどん大きくして、この領地の人口を増やしていくためには彼らの力が必要不可欠だと僕は思っている。

幸い最近はタージェルのおかげで交易品による収入がかなり入ってきていて、その程度なら十分賄えるのだ。

それにこれからは農園の野菜や果物も売り物にできるようになる。

輸送の時に腐ったりしないように運送用の冷蔵魔道具をヒューレに頼んで新たに作ってもらわねばならないが。

今なら師匠に協力してもらえば、もっと素晴らしい魔道具が創り出せるかもしれない。

師匠をヒューレに紹介するついでに、そういった話もしてみよう。

そんな風に考えごとをしていると、師匠が移民たちのための準備を一人でしていたという話を聞いたバタラとヘレンが口を開く。

「さすがシアン様の師匠さんですね。そっくりです」

「シアンがそんな性格に育った理由がわかった気がしますわ。本当に似たもの師弟ですわね」

バタラは素直に感心し、ヘレンは呆れたような口調でそう言った。

そんなに似ているだろうか？

僕は師匠ほど粗野でもいい加減でもないと思うのだけどな。

もちろんそんなことは口にはしないが、どうやら僕の視線を受けて心を読んだのか、次の瞬間僕の頭は師匠の拳によって挟まれていた。

そして、グリグリと頭を挟んだ拳に力を込められる。

「痛い痛いっ。何も言ってないでしょ！」

「あんたの考えていることなんて昔からお見通しだよっ」

「師匠は人の心が読めるんですかっ！」

「それは秘密」

ぐりぐりぐりぐり。

「痛い痛い痛い」

あまりの痛みに僕は師匠の手を払い除けて逃げ出した。

後ろから「嫉妬しちゃうくらい仲がいいわね」というヘレンの声が聞こえたが、それに反論することもなく僕は一直線に領主館へ向かう坂を駆け上っていくのだった。

ウェイデンと師匠を交えた夕食会のあと。

家に帰るという二人を領主館の玄関まで見送ってから、僕は傍らに立つラファムにそう声をかけた。

「ラファム。本当に行かなくていいのか？」

「お心遣いありがとうございます」

ラファムは視線を二人が出ていった正門から僕に移して、軽く頭を下げて答えた。

ウェイデンと師匠は師匠が用意したという家に帰っていった。

僕としては、しばらくは屋敷に部屋を用意して泊まってもらうつもりだったのだけれども。

なんというか師匠らしい。

久々の再会で、積もる話もあるだろうと僕はラファムに彼女たちとともに行くことを提案したのだが、あっさりとラファム自身によって却下されてしまった。

「不思議なのですが私、両親とそれほど長い間離れていたという気持ちはないのです」

「そうなの？」

「ええ。もしかしたら私がハーフエルフなことと関係があるのかもしれません。ハーフエルフはハーフといえど人間族や獣人族と比べて何倍も長生きらしいので、時間の感覚が普通の人よりゆっくりなのだと思います」

「確かに僕の記憶にある限り、ラファムって外見があまり変わってないかも」

「そうでしょうか？」

「もしかしてラファムって僕が思っているよりかなり年上なんじゃ……あっ」

女性に歳のことは尋ねてはいけないと、師匠に肉体言語を交えて説教されたのを思い出して慌てて僕は口をつぐむ。

あの時はまだ子供だったから無邪気(むじゃき)に「おばさん」などと口にしてしまったが……見かけはまだ二十代前半にしか見えない師匠に「おばさん」呼びはさすがにまずかったと、今では反省している。

「はぁ。お気遣いはありがたいのですが、私は今坊ちゃまが思っているほど年上ではありませんよ。そもそも私の父は人族なのですから」

「確かにウェイデンさんの娘なんだから五十歳とか百歳なわけはないよね」

「……さすがにそこまで高齢に思われていたとは思いませんでしたが」

「いや、なんというか僕の限られた知識だと『エルフ族』って、かなり長く生きているイメージだったから」

そう答えて僕は頭を掻く。

ラファムはそんな僕を、優しい瞳で見つめながら少し微笑む。

「さぁ、もうお二人の姿も見えなくなりましたし屋敷の中へ戻りましょう。このあとヘレン様たちをいつまでも会議室でお待たせしておくわけには参りません」

「そうだった、これからトーポ夫婦の結婚式とバタラの成人式についての会議をするんだったよな」

ヘレンをはじめとする臣下のみんなは、既に僕らより先に会議室代わりの食堂で準備を始めているはずだ。

「みんなをあまり待たせちゃ悪いな。急いで戻ろう」

僕はもう一度だけ、ドワーフの光石によって最近更に明るくなった、町の美しい夜景に目を向ける。

「これからもこの光を守っていかないといけないな」

自分にしか聞こえない声で呟くと、僕は踵を返して足早に領主館へ向かうのだった。

あとがき

この度は、文庫版『水しか出ない神具【コップ】を授かった僕は、不毛の領地で好きに生きる事にしました3』をお買い上げいただき、誠にありがとうございます。

遂(つい)に本書『コップ』シリーズも三巻目。主人公シアンの物語はデゼルトから大渓谷へと向かい、ドワーフの村や最強キャラの登場で話は一気に加速していきます。

エリモス領が不毛の大地になってしまった理由――大渓谷の謎、オアシスが枯渇した原因など、ここまで色々と引っ張ってきた伏線の回収もこの巻でいくつか行われます。

その一方、前巻でちょい見せ程度だったヘレンも本格参戦。

新たな仲間も加わって、デゼルトもどんどん賑やかになっていきます。

……というわけで、この巻の大まかな説明はこれくらいにするとして、裏話を一つ。

表紙ではしゃいでいるドワーフの子供たちなのですが、実はキャラクターの設定を考えるにあたり、顔の造形で悩んだ部分があります。

それは【髭】です。

つまり、ドワーフは生まれた時から髭があるのかないのか。女の子でも髭はあるのかないのかという問題です。これは文献によって様々で、どれを選択しようか迷ったのですが、結果的に「子供の時は生えてないことにしよう。その方が可愛いから」という結論に達しました。そして、表紙イラストや挿絵が届いた時には「可愛い……髭着けなくて本当に良かった」と胸を撫で下ろしたものです。

さて、本編で描いていない裏話その2として、セーニャ様にも少し触れておきましょう。実は彼女には姉と妹がいます。人間態の姿だと姉が幼く、妹は妖艶な姿という設定なのですが、今回の話では必要のない部分なので登場していません。

こういう裏設定や未公開設定は、こういう場でないと語れないので書いてみましたが、いかがでしたでしょうか。本作のイメージを膨らませる一助となれば幸いです。

次巻はとうとう最終巻となります。シアンはエリモス領を幸せで平和な領地にできるのか？　渓谷の向こうには何があるのか？　音沙汰がない王国では、一体何が起こっているのか？　シアンは女神の願いを叶えられるのか？

全てが収束する最終巻で、またお会いしましょう。

二〇二二年十一月　長尾隆生

ネットで人気爆発作品が続々文庫化！

アルファライト文庫 大好評発売中!!

人違いで召喚されて即追放！
でも隠れチートがありました。
何でもレア化するスキルで
快適人助けの旅！

間違い召喚！1
追い出されたけど上位互換スキルでらくらく生活

カムイイムカ *Kamui Imuka*　illustration にじまあるく

鍛冶・採掘・採取——武器制作から魔物召喚まで
拾って作って人助けの異世界旅!

うだつのあがらない青年・レンは、突然、異世界に勇者として召喚された。しかしすぐに人違いだったことが判明し、王城の魔術師に追放されてしまう。やむなくレンは冒険者ギルドの掃除依頼で日銭を稼ぐことに……。そんな中、レンは、製作・入手したものが何でも上位互換されるというとんでもない隠しスキルを発見する——。チートフル活用の冒険ファンタジー、待望の文庫化!

文庫判　定価：671円（10%税込）　ISBN：978-4-434-31139-0

ネットで人気爆発作品が続々文庫化!

アルファライト文庫 大好評発売中!!

勇者パーティを追放されたけど…
地味すぎる特技
解体技術で知らぬ間に下克上!?

解体の勇者の成り上がり冒険譚 1～2

無謀突撃娘 *mubouototsugekimusume*　illustration 鏑木康隆

剣と魔法よりも役に立つ「解体技術」で逆境を乗り越え、異世界で成り上がれ!

魔物の解体しかできない役立たずとして、勇者パーティを追放された転移者、ユウキ。一人で危険な異世界を生きることになった――と思いきや、実はあらゆる能力が優秀だった彼は、勇者パーティを離れたことで、逆に異世界ライフを楽しみ始める。個性的な仲間をパーティに入れながら、ユウキは逸材として頭角を現していく。追放から始まる、異世界逆転ファンタジー、待望の文庫化!

文庫判　各定価：671円(10%税込)

アルファライト文庫

この作品に対する皆様のご意見・ご感想をお待ちしております。

おハガキ・お手紙は以下の宛先にお送りください。

【宛先】

〒150-6008 東京都渋谷区恵比寿 4-20-3 恵比寿ｶﾞｰﾃﾞﾝﾌﾟﾚｲｽﾀﾜｰ 8F
（株）アルファポリス　書籍感想係

メールフォームでのご意見・ご感想は右のＱＲコードから、
あるいは以下のワードで検索をかけてください。

ご感想はこちらから

アルファポリス　書籍の感想

本書は、2020年3月当社より単行本として
刊行されたものを文庫化したものです。

水しか出ない神具【コップ】を授かった僕は、不毛の領地で好きに生きる事にしました 3

長尾隆生（ながおたかお）

2022年 11月 30日初版発行

文庫編集－中野大樹
編集長－太田鉄平
発行者－梶本雄介
発行所－株式会社アルファポリス
〒150-6008東京都渋谷区恵比寿4-20-3恵比寿ガーデンプレイスタワー8F
TEL 03-6277-1601（営業） 03-6277-1602（編集）
URL https://www.alphapolis.co.jp/
発売元－株式会社星雲社（共同出版社・流通責任出版社）
〒112-0005東京都文京区水道1-3-30
TEL 03-3868-3275
装丁・本文イラスト－もきゅ
文庫デザイン－AFTERGLOW
（レーベルフォーマットデザイン－ansyyqdesign）
印刷－中央精版印刷株式会社

価格はカバーに表示されてあります。

落丁乱丁の場合はアルファポリスまでご連絡ください。

送料は小社負担でお取り替えします。


ISBN978-4-434-31140-6 C0193